今ひとたびの

石村 久夫

三省堂書店
創英社

29

シ	ヤ	ジ	ク		ア	カ	ハ	ジ
ヨ	リ		ウ	ニ		**ラ**	デ	ン
ウ		ナ	キ	オ	ト	シ		カ
ス	キ	マ		ウ	リ		サ	イ
ウ	リ	コ	ミ		**デ**	マ	カ	セ
セ	**ン**		セ	イ		シ	テ	**ン**
イ		ヒ	**バ**	イ	ヒ	ン		ジ
エ	ク	ボ		ネ	ツ		カ	ユ
イ	ニ	**シ**	エ		ジ	ヨ	シ	ツ

デンシンバシラ

30

エ		ア	オ	イ	ト	リ		パ
チ	**チ**	ト	コ		リ	ジ	チ	ン
カ	ノ		ジ	ヨ	カ		ヨ	セ
	ニ	ジ	**ヨ**	ウ	ジ	ヨ	ウ	
イ	チ	ゴ		シ		ヤ	サ	イ
	ヨ	ウ	ジ	ヨ	**ウ**	ク	ン	
オ	ウ		コ	ク	ジ		ボ	カ
セ	ビ	リ	ア		ヨ	ウ	**シ**	ツ
ロ		ガ	イ	コ	ウ	ハ		パ

チヨウシ

31

セ	カ	イ		ア	マ	ヤ	ド	**リ**
ミ	リ	リ	ツ	ト	ル		ウ	ン
フ		グ	チ		ガ	ン	ジ	ス
ア	ツ	チ		セ	リ		ヨ	
イ	ギ		モ	ン		オ	ウ	ヒ
ナ		カ	ツ	**プ**	メ	ン		ヤ
ル	ア	ー		ウ	ド		ミ	ツ
	シ		ハ	キ		シ	ズ	カ
キ	バ	セ	ン		ブ	タ		ジ
ビ	ラ		ハ	ナ	シ	ア	イ	テ
ス	イ	ハ	ン	キ		ジ	シ	**ン**

プリンセス

32

ア	ウ	ト		セ	ミ	シ	グ	レ
イ	チ	モ	ウ	**ダ**	ジ	ン		プ
ス	ミ		ラ	イ	ン		**シ**	リ
ミ	ズ	ガ	メ		ギ	ジ	ン	カ
ル		**ラ**	ン	キ	リ	ユ	ウ	
ク	ラ	ス		ヨ		ウ	チ	ユ
	ツ	バ	ゼ	リ	ア	イ		ウ
ゲ	キ	リ	ン		イ	シ	**バ**	シ
キ	ー		**コ**	ワ	ケ		イ	ヨ
レ		コ	ウ	シ	ン	リ	ヨ	ウ
イ	セ	イ	ジ	ン		ク	ウ	キ

ダイコクバシラ

33

ハ	イ	ブ	リ	ツ	ド		オ	ケ
ラ		タ	ン		**リ**	ヨ	ウ	シ
イ	ワ		シ	ニ	ア		ト	
セ	**ク**	シ	ヨ	ン		コ	ウ	シ
	チ	ヤ		キ	オ	ン		ヨ
メ	ン	ク	イ		カ	テ	イ	カ
オ		ナ	ガ	シ		ス	ネ	
ト	カ	ゲ		カ	ブ	ト	**ム**	シ
	コ		コ	ト	リ		リ	カ
マ	ウ	ン	**ド**		ツ	ウ		エ
ク	コ		モ	ミ	ジ	オ	ロ	シ

ムクドリ

34

ヒ	コ	ウ	シ		ス	**パ**	イ	ス
ト	ウ		オ	ブ	ラ	ー	ト	
エ	ボ	**シ**		ギ	ン		コ	ブ
	ウ	ン	ド	ウ	グ	ツ		レ
ア	ダ		カ	ギ		**ラ**	タ	イ
ラ	イ	ジ	ン		ブ	ラ	ン	コ
モ	シ	**ユ**		オ	イ		ス	ウ
ー		ク	ウ	シ	ン	サ	イ	
ド	ア		イ	エ		**ト**	カ	イ
	セ	バ	ン	ゴ	ウ		ブ	ン
ブ	リ	**ー**	チ		シ	ユ	ツ	ド

パラシユート

35

ヒ	シ	**ヨ**	■	タ	ブ	レ	ツ	ト
カ	バ	イ	ダ	テ	■	タ	ー	ン
ル	カ	■	リ	ア	カ	ー	■	カ
ゲ	リ	ラ	■	ナ	マ	■	シ	**ツ**
ン	■	ジ	ユ	シ	■	シ	ル	■
ジ	ヨ	ウ	キ	**キ**	カ	ン	シ	ヤ
■	ダ	ム	■	ジ	ゴ	ク	■	ス
ウ	ン	■	ツ	ユ	■	ウ	マ	ミ
ケ	■	ク	ラ	ウ	ド	■	ウ	ジ
ウ	ワ	サ	■	キ	ン	セ	ン	カ
リ	レ	キ	シ	ヨ	■	**ミ**	ト	ン

ミツキヨウ

36

シ	ヨ	ウ	ソ	■	**セ**	ト	ヤ	キ
オ	■	リ	バ	ウ	ン	ド	■	ユ
ダ	バ	■	カ	タ	キ	■	タ	ウ
マ	**ツ**	ク	ス	■	ヨ	ソ	イ	キ
リ	ク	ツ	■	ホ	ケ	ン	ジ	ヨ
■	ナ	■	ト	シ	ン	■	ユ	■
シ	ン	カ	ロ	ン	■	ゴ	ウ	ウ
キ	バ	セ	ン	■	フ	ウ	**ケ**	イ
シ	ー	■	ボ	ク	シ	■	イ	ス
ダ	■	モ	ー	ニ	ン	グ	■	キ
イ	レ	ブ	**ン**	■	ビ	ー	バ	ー

セツケン

37

ハ	イ	キ	ン	グ	■	**ク**	ウ	キ
ル	■	リ	■	チ	ラ	シ	■	ユ
ヤ	マ	ミ	チ	■	ベ	ン	ト	ウ
ス	ネ	■	リ	ア	ル	■	ウ	ケ
ミ	■	フ	メ	イ	■	カ	メ	イ
■	シ	ゼ	**ン**	コ	ウ	エ	ン	■
テ	ラ	イ	■	ト	オ	デ	■	ダ
マ	ユ	■	カ	バ	ー	■	ア	イ
エ	キ	タ	イ	■	ク	チ	ブ	**エ**
ミ	■	マ	ワ	シ	■	ド	■	ツ
ソ	ウ	ゴ	■	ヒ	ト	リ	ゴ	ト

エンソク

38

カ	ブ	ト	ヤ	キ	■	カ	シ	ヤ
モ	グ	リ	■	ア	ラ	イ	**グ**	マ
ノ	■	**マ**	ジ	ツ	ク	■	レ	ア
ハ	イ	キ	ン	■	ダ	シ	■	ラ
シ	ン	■	ガ	カ	■	イ	ワ	シ
■	レ	ツ	サ	**ー**	パ	ン	ダ	■
カ	キ	ヨ	■	ト	ウ	■	イ	カ
マ	■	ミ	ゾ	■	ダ	イ	コ	ン
イ	セ	■	ウ	イ	ー	**ン**	■	ガ
タ	**ス**	マ	ニ	ア	■	ダ	ブ	ル
チ	ジ	ク	■	イ	ー	ス	タ	ー

マングース

39

ア	サ	**ガ**	オ	■	ド	ウ	イ	ツ
オ	ー	ケ	ス	ト	ラ	■	**ジ**	ミ
イ	ロ	■	ロ	ウ	■	ハ	ン	■
■	イ	オ	■	ホ	テ	ル	■	テ
ス	**ン**	シ	ヤ	ク	■	ツ	ル	ナ
ズ	■	**モ**	リ	■	ジ	**ゲ**	■	ラ
ム	セ	ン	■	シ	ヨ	ウ	**タ**	イ
シ	■	ド	ウ	リ	■	オ	イ	■
■	ド	ウ	■	コ	ア	■	キ	メ
ツ	**ノ**	■	サ	ン	カ	ク	ケ	イ
ユ	ウ	ガ	オ	■	シ	**リ**	ン	ジ

ゲンジモノガタリ

40

ア	ロ	マ	■	カ	フ	エ	オ	**レ**
メ	ー	■	ビ	ン	■	キ	ウ	イ
リ	ス	コ	ミ	■	カ	イ	テ	ン
カ	ト	ウ	■	サ	ロ	ン	■	ボ
ン	■	チ	ヤ	イ	**ム**	■	ミ	ー
■	ツ	ヤ	■	フ	■	ゲ	ル	■
コ	ナ	■	**オ**	オ	ガ	イ	■	ウ
ス	■	ナ	イ	ン	■	シ	バ	イ
タ	カ	マ	ド	■	シ	ヤ	リ	ン
リ	ツ	チ	■	モ	カ	■	ス	ナ
カ	プ	チ	ー	ノ	■	バ	タ	**ー**

オムカレー

41

ヨ	ウ	ト	ウ	ク	ニ	ク	■	ム
ウ	■	シ	ヨ	シ	カ	ン	テ	ツ
ギ	リ	■	キ	ヨ	ワ	■	キ	**ゴ**
シ	ヤ	ジ	ヨ	ウ	■	カ	イ	ロ
ヤ	ク	ソ	ク	■	イ	ブ	■	ウ
■	**ジ**	ン	セ	キ	ミ	ト	ウ	■
シ	■	シ	ツ	■	シ	ガ	イ	カ
ユ	セ	ン	■	カ	ン	ニ	ン	グ
ツ	ケ	■	**ジ**	ミ	チ	■	**ク**	ラ
キ	ン	カ	ン	シ	ヨ	ク	■	デ
ン	■	イ	チ	モ	ウ	ダ	ジ	ン

ヨジジユクゴ

42

リ	モ	ー	ト	■	**ハ**	ヤ	ビ	キ
ツ	ノ	■	コ	ウ	タ	ク	■	シ
■	**ホ**	シ	ヨ	ク	■	ド	シ	ヤ
ダ	シ	ン	■	レ	ガ	シ	ー	■
ン	■	セ	キ	レ	イ	■	ア	**ホ**
マ	イ	キ	ヨ	■	コ	ウ	ハ	イ
リ	ン	■	レ	ガ	ツ	タ	■	ク
■	フ	メ	イ	ヨ	■	カ	イ	キ
フ	ラ	イ	■	ウ	タ	タ	**ネ**	■
タ	■	ソ	ク	シ	ツ	■	カ	メ
バ	ラ	ウ	**リ**	■	パ	プ	リ	カ

ネホリハホリ

43

ヌ	ー	ト	リ	ア	■	マ	ク	ラ
リ	■	ワ	ン	■	ウ	ナ	**ギ**	■
エ	**ラ**	■	**ジ**	ヨ	メ	イ	■	ニ
■	イ	デ	ン	シ	■	**タ**	イ	ホ
ナ	ム	ル	■	**ノ**	シ	■	**ド**	ン
イ	■	タ	**ニ**	■	**オ**	カ	■	バ
ル	**イ**	■	ク	**ツ**	■	ミ	コ	**シ**
ガ	ロ	**ウ**	■	キ	ジ	ユ	ン	■
ワ	■	オ	ウ	ジ	**ヨ**	■	**ヤ**	マ
■	**ハ**	ガ	キ	■	ウ	ソ	■	リ
メ	イ	シ	■	ウ	ロ	コ	グ	**モ**

ヤナギノシタニイツモ
ドジヨウハオラヌ

44

カ	イ	**ス**	イ	ヨ	ク	■	ホ	シ
イ	ケ	イ	■	ウ	ミ	ビ	**ラ**	キ
ガ	■	カ	シ	■	テ	キ	■	イ
ラ	シ	■	オ	ト	■	ニ	ブ	■
■	ハ	ツ	ヒ	ノ	デ	■	ラ	ク
ビ	ン	ナ	ガ	■	フ	ル	ー	**ツ**
ク	ダ	■	リ	フ	オ	**ー**	ム	■
■	イ	ミ	■	**グ**	ル	■	ス	パ
ヨ	■	ヤ	シ	■	ト	ソ	■	ラ
ミ	ズ	ビ	タ	シ	■	**フ**	ツ	ソ
チ	イ	■	ビ	ー	チ	ボ	ー	ル

ビーチフラツグス

45

タ	メ	イ	**キ**	■	ホ	ン	モ	ノ
イ	**シ**	■	リ	ツ	カ	■	ミ	ス
セ	タ	イ	■	ギ	ン	カ	■	タ
ツ	■	マ	ツ	ハ	■	タ	オ	ル
■	ト	ド	■	ギ	ム	■	ニ	ジ
ミ	ギ	キ	キ	■	シ	チ	ユ	ー
チ	カ	■	ボ	ウ	■	ユ	ー	■
ア	イ	ソ	■	マ	ホ	ウ	■	ド
ン	■	ラ	イ	ト	■	イ	ク	ラ
ナ	シ	■	ヒ	ビ	キ	■	**イ**	ゴ
イ	ヤ	ホ	ン	■	**ジ**	ツ	ケ	ン

ジイシキ

46

シ	ラ	ガ	ゾ	**メ**	■	ド	ス	■
ガ	ス	■	ウ	ジ	キ	ン	ト	キ
レ	ト	ロ	■	ロ	ン	グ	■	リ
ツ	■	ス	ナ	オ	■	リ	ス	ク
ト	バ	■	マ	シ	タ	■	イ	チ
■	イ	シ	ヤ	■	マ	ン	**ガ**	■
ア	**ニ**	■	ケ	ム	シ	■	ラ	ム
バ	ク	ト	■	カ	イ	キ	■	ー
ウ	■	フ	ク	イ	■	リ	ア	ル
ト	シ	ケ	イ	カ	ク	■	ズ	ガ
■	リ	ン	■	**ゼ**	ン	ヤ	サ	イ

ゼニガメ

47

オ	ム	ラ	イ	ス		ア	オ	タ
ス	ナ	バ		ワ	**ギ**	リ		マ
	イ		パ	ン	ダ		カ	ゴ
イ	タ	マ	エ		イ	オ	ン	カ
シ		ド	リ	ア		ジ	ザ	ケ
ヤ	**リ**		ア	**ン**	カ		**シ**	ゴ
キ	シ	ツ		チ	マ	キ		ハ
ビ	ヨ	ウ	キ		メ	イ	カ	ン
ビ	ク		シ	キ	シ		キ	
ン		ジ	**ヤ**	ム		カ	ノ	コ
バ	ケ	ツ		チ	ヤ	ー	ハ	ン

ギンシヤリ

48

ア	シ	ア	ト		マ	ゴ	ノ	テ
ク	ン	シ		**シ**	ド	ウ		ン
タ		ス	コ	ー	ン		ネ	タ
ガ	**イ**	ト	ウ		ナ	カ	ガ	イ
ワ	シ		キ	シ		**メ**	イ	ボ
リ		チ	ヨ	ツ	ケ	イ		ウ
ユ	カ	タ		**ソ**	ン		カ	エ
ウ	イ	ン	ク		ザ	ツ	オ	ン
ノ	リ		リ	ベ	ン	ジ		キ
ス		ケ	ツ	ロ		ツ	キ	**ヨ**
ケ	ン	ガ	ク		ア	マ	ト	ウ

ソメイヨシノ

49

ワ	ゴ		キ	タ	キ	ツ	ネ	
ラ	ム	**シ**	ユ		キ	ゴ	コ	チ
ブ		ユ	ウ	キ	ユ	ウ		エ
キ	ユ	ウ	**リ**	ヨ	ウ		**ハ**	ブ
	シ	シ	ユ	ウ		ギ	ヤ	ク
ガ		ヨ	ウ	ギ	シ	ヤ		ロ
イ	ガ	ク		ジ	ヨ	ツ	キ	
ラ	イ		ジ	ヨ	**ウ**	キ	ヨ	ウ
イ		シ	**ヨ**	ウ	キ	ヨ		タ
ゴ	マ	ダ	レ		ユ	ウ	**ガ**	タ
	シ	レ	イ	ト	ウ		タ	ネ

ハリシヨウガ

50

	オ	チ		ア	キ	レ	ス	
リ	ク	エ	ス	ト		ア	イ	ソ
ユ	レ		イ	チ	ゴ		ソ	ウ
ウ		**タ**	カ		ジ	コ		タ
グ	ア	イ		キ	ユ	**ウ**	ケ	イ
ウ	ラ		フ	**イ**	ン		ガ	セ
ノ	シ	**ブ**	ク	ロ		ハ	ワ	イ
ツ		イ	ソ		シ	**ラ**		リ
カ	ヒ		ウ	サ	ギ		シ	ロ
イ	ラ	ク		ロ	ン	グ	ラ	ン
	メ	イ	ジ	ン		ル	ス	

ブタイウラ

51

エ	コ		ア	ニ	メ		**ウ**	デ
ベ	ツ	バ	ラ		タ	ダ	ノ	リ
レ		タ	イ	シ	ボ	ウ		バ
ス	タ	ー		ヤ		ト	ナ	リ
ト	キ		ジ	シ	**ヨ**		ポ	ー
	シ	ヤ	カ	ン	キ	ヨ	リ	
デ	ー		タ	ウ	ン		タ	ナ
ジ	ド	リ		ツ		コ	ン	マ
ヤ		フ	タ	リ	**ノ**	リ		ビ
ビ	ス	ト	ロ		コ	ー	ヒ	ー
ユ	**ー**		ウ	ナ	リ		ザ	**ル**

ノーベルシヨウ

52

ス	イ	エ	イ		ム	ギ	ワ	**ラ**
カ	**テ**		ワ	タ	ゲ		ザ	ツ
ツ		**ボ**	ク	シ	ン	グ		キ
シ	セ	ン		ザ		ミ	ツ	ユ
ユ	ミ		バ	ン	ト		ユ	ウ
	コ	イ	ン		バ	ク	ハ	
ポ	ロ		ク	ラ	ク		ラ	フ
シ	**ン**	サ		ク		コ	**イ**	ツ
エ		ヤ	ジ	ロ	ベ	エ		ト
ツ	バ		ゴ	ス	ン		**ア**	サ
ト	ラ	ツ	ク		ピ	ス	ト	ル

ボランテイア

はじめに

人には物心両面のふるさとがある。人はそのふるさとから切り離されては生きられない。

ふるさとはいわば母の胎内のようなものである。人は疲労困憊した時、前途に絶望した時、ふるさとという母の胎内に憩うことを望む。

望みはかなえられることもあれば、永遠にかなえられないこともある。それでも人は物心両面のふるさとを、今ひとたび会いたいと望む。

時代は四百年も違うが、同じ近江日野をふるさととする二人の武人を取り上げた。一人は戦国時代の勇将、蒲生氏郷《がもううじさと》であり、いま一人は防衛省の新進気鋭の外交官である。

時代も人も違っても、人は永遠の憩いを求めて、今ひとたびと母なるふるさとを追い求める。

目次

第一部

第二部　たまゆらの　祭りの鉦よ　語り継げ

第一部

思いきや　人の行くへぞ　定めなき
わがふるさとを　よそに見んとは

――蒲生氏郷

第1章　望郷の歌

故郷を再現した男

文禄元年（1592）、会津92万石の太守、蒲生氏郷《がもううじさと》は太閤秀吉の要請に応えて、はるばる東北の会津から、九州は肥前の朝鮮侵攻の前線基地、呼子《よぶこ》へ大軍を率いて移動した。軍勢は中山道を通った。途中、武佐《むさ》の宿から、遥かに日野の里がかいま見えた。その時、蒲生氏郷が詠んだ望郷の歌である。

この年、氏郷は37歳。まだ壮年であった。しかし、天の命ずるままに、乱世を疾駆した武将氏郷は、累積した疲労に耐え難い思いであった。とりわけ、生まれ故郷、近江日野への望郷の念につき動かされていた。

思えば、氏郷は武功を挙げる度に累進し、若くして大大名の地位に昇りつめていた。しかも、任務は戦国末期、天下を望んだ東北の雄、伊達政宗を牽制することにあった。氏郷は対政宗作戦に翻弄されていた。

休む暇もない戦塵の中で、思い出すのは幼少時を過ごした日野の郷のことである。一度はゆっくりと帰ってみたいと思っていたが、戦乱はその暇を許してくれなかった。いつの間にか、氏郷の望郷の想いは、新領地での故郷の再現に向けられていた。

現に、蒲生氏郷は黒川と呼んでいた会津の太守《たいしゅ》となると、地名を会津若松に変え、壮大な鶴ケ城を営んだ。若松は故郷の氏神の地名であり、鶴は氏郷の幼名鶴千代にちなんだものであった。氏郷は行く先々で、故郷を追慕して故郷を再現していったのであった。

望郷の歌を詠んでから3年の後、蒲生氏郷は不治の病に冒され死去した。まだ40歳の若さだった。日野の郷で病を癒すことはついに許されなかった。

蒲生氏郷は若くして織田信長に愛され、その姫、冬姫の婿となった。いわば信長の実子同様であった。それだけの器量も勇気もあった。ライバルたちは羨望と脅威をもって、氏郷の出世ぶりに目を見張った。

氏郷の死は、ライバルたちにとっては朗報であった。ライバルだけでなく、天下人、太閤秀吉にとっても、朗報かもしれなかった。氏郷はまかり間違えば、秀吉亡き後の天下人かもしれなかったからである。世間の一部では、氏郷の死は秀吉の画策であったとも噂した。

日野商人の故郷

近江の国日野郷は、古くから蒲生一族の根拠地であった。同時にその郷は、日野商人の故郷でもあった。

一口に近江商人というが、その出生地は大きく言って三つに分かれる。一つは近江八幡、一つは神崎郡五個荘《ごかしょう》、いま一つが蒲生郡日野郷である。

蒲生氏は日野商人と共にあった。蒲生氏の後ろには日野商人たちの経済力があったのである。また、日野商人たちは氏郷の出世と共に追随して、その商圏を広げていった。

両者はいわば持ちつ持たれつの関係だった。氏郷は伊勢松坂の領主になると、日野商人の町を作った。会津の領主になると、日野の特産品を導入した。

会津の特産品である会津塗は、元はといえば、日野商人が行商した日野椀が出発点である。また会津の日本酒は、氏郷を慕って進出してきた日野商人の醸造業がもたらしたものである。

蒲生氏郷は単に望郷の念から、行く先々に日野商人を招いたのではなかった。新領地の経済力を強くするためであった。それがまた日野商人の商圏拡大につながっていったのである。

蒲生氏と日野商人は運命共同体であった。しかし、日野商人はしたたかだった。その証拠に、蒲生氏が絶えた会津でも生き残ったのである。

日野商人に限らず、近江商人は故郷を大事にした。実家と同郷人を大事にした。独特の協同組合を作った。各地に共同の商人宿を設けて、決済をし易くした。

なにしろ、近江商人は世界に先駆けて複式簿記を考案した商人たちである。独自の「三方よし」の経営哲学を家訓にして、従業員の教育に当たった。日本的経営の考案者だったのである。

今日なお、近江商人を創業者とする企業はいろいろあって、それぞれ繁栄を競っている。蒲生氏の庇護が無くても、十分に生き抜く力があったのである。

軍事力の背景は経済力であり、武家社会が崩壊しても、商人社会が栄えた理由である。日野商人は一時、鉄砲の生産でも名を売った。しかし、平和が訪れるといち早く平和産業に乗り換えたのだった。

ただし、武士が商人を動かしたという事実も忘れるわけにはいかない。織田信長の楽市、楽座は経済の自由化を推し進めた。信長の傘下に入った蒲生氏もいち早く楽市、楽座を推めた。政策が経済の繁栄を推進したのである。

馬見岡綿向神社

日野郷には郷の総鎮守で、領主蒲生氏の氏神でもあった馬見岡綿向《うまみおかわたむき》神社がある。随分、由緒古い神社で、5月2、3日に開催される春の例祭が有名だ。八百年の昔から続いているという。

馬見岡綿向神社の最初の「馬見岡」の由来ははっきりしない。馬市を開いた岡かもしれない。というのも、日野には藤原道長が建立した法成寺《ほうじょうじ》領の日野牧《ひののまき》があったと記録されているからである。

「綿向」の方は日野郷の東方に聳える綿向山のことだ。標高1110メートルで、山頂からは琵琶湖を含む近江一帯はもちろん、北に立山連峰、南に伊勢湾を望むことができる。日野郷を流れる日野川の源流もここだ。日野郷は日野川ともう一つの川、出雲川が作りだした河岸の段丘の上に形成されている。

日野地方に人が住むようになったのは一万二千年の昔といわれている。多くの人々が綿向山を目指して移住してきたのである。彼らにとって、綿向山は霊峰であり、ご神体ともいうべき山であった。そこで山頂に綿向大神を祀った。祭神は出雲系の三神だ。出雲川もあるところから見て、出雲地方から人々が移住してきたのだろう。

馬見岡綿向神社は山頂の綿向大神の里宮に当たる。里宮が出来たのは八世紀末のことだという。以来、蒲生上郡128カ村の総社として崇められてきた。そして中世から近世初頭へかけて、およそ四百年は領主の蒲生氏の氏神として栄えた。

蒲生氏が庇護した日野商人たちは江戸時代、成功して産を成すと、故郷の氏神に豪華絢爛な曳山《ひきやま》を寄贈した。その数は16基におよぶ。春の例祭には、それらの山車が神社に勢揃いして、祭りを盛り上げる。

神社を出た神輿が休憩する場所が上野田ひばり野の公園である。そこに現在、蒲生氏郷の銅像が立っている。銅像は戦仕立てで、有名だった鯰尾の兜を被っている。氏郷が銅像になって、見果てぬ故郷を眺めているのである。

近江は政治・軍事的には草狩場だった。京都への上洛の通路だったため、多くの武将たちが近江の武将たちを踏み潰して行ったのである。征服者の代表は織田信長だ。彼は上洛するために、鎌倉以来の名門、佐々木氏の流れを汲む六角氏を滅ぼした。さらには、妹婿で義弟の浅井氏をも討伐した。下って徳川家康は天下分け目の関が原の決戦で石田三成を破った。

蒲生氏は六角氏の重臣だったが、織田信長の傘下に入って生き延びた。信長は人質の蒲生鶴千代という若者を可愛がり、次女の冬姫の婿にした。それを機縁に、鶴千代こと氏郷の疾駆が始まった。

第２章　名門蒲生氏の系譜

田原藤太の流れ

平安時代に田原《たわらの》（俵とも書く）藤太《とうた》と呼ばれる武士がいた。藤太というからには、藤原氏の一族の嫡男である。実際、系図上は、藤原氏の北家、房前の子、左大臣魚名《うおな》の子孫だとされている。

父親は下野国の大掾、藤原村雄。大掾というのは有力な高級地方官である。実際、常陸国にはその官名を姓にした豪族、大掾氏がいて、下野国の大掾、藤原氏と親密な関係にあった。

もっとも、これには異説もあって、実際は下野国の豪族の娘と婚姻して、土着した者だという。いずれにせよ、蒲生氏は日本を代表する四姓の一つ藤原氏を名乗る、地方豪族の子孫だったようだ。

田原（俵）藤太は武勇で鳴らした武将で、室町時代には『俵藤太絵巻』という流行本にまで描かれた。藤太の有名な武勇物語は二つあった。

一つは近江国で、近江富士と呼ばれる三上山に住み着いた大百足を退治したという伝説だ。若い頃は、京都の近郊、山城国の田原の里に住んでいたらしい。下野国の豪族の息子だったが、若い頃から京都に出仕して近郊に住み、近江国とも深い関係があった。

いま一つの武勇物語は、常陸の大掾氏の一族で、藤太とは従兄弟に当たる平貞盛と手を組んで、関東を席巻して朝廷に反旗を翻していた平将門を討ち滅ぼしたことだ。将門を追討したというので、藤太は正式の名前である秀郷の武名が高まった。

実際、藤太秀郷は戦功を高く評価されて、下野、武蔵の二国の国司となり、同時に鎮守府将軍に指名された。その結果、藤原秀郷は源平と並ぶ武家の棟梁と目されるようになり、秀郷流の多くの家系を生むことになった。その一つが蒲生氏というわけである。

秀郷には大百足を退治したお礼に、三上山の竜神から授かったという伝説の10種の宝物があった。それは太刀、鎧、旗、幕、巻絹、早小鍋、包丁、鐘などの10種である。そのうち早小鍋が蒲生家に伝わっていた。

早小鍋は戦騒ぎの時、この鍋を使うと、ご飯が早く炊き上がるというものだ。まるで電気釜のような話だが、何分、伝説だから、真偽を質す必要もない。重要なのは、秀郷の10種の宝物の一つが蒲生家に伝わっていたという言い伝えである。

蒲生氏郷は織田信長の手で元服し、忠三郎賦秀《やすひで》と命名されるが、後に氏郷を名乗る。秀吉への遠慮もあったろうが、本当は元祖の秀郷の郷の字を引き継ぎたかったのだと思われる。

小田原征伐の時、秀郷流の本家筋と目されていた下野の小山氏が遅参して、所領を没収されてしまう。この時、氏郷の世話になった小山氏は御礼に伝来の宝物である幕を蒲生氏に譲った。

早小鍋に加えて幕という伝説の宝物二つを手に入れた蒲生氏は秀郷流の本家筋と目されるようになり、氏郷は家紋も伝来の「対《むか》い鶴《つる》」から小山氏の幕にあった「三つ首左巴」に替えた。

蒲生氏郷はいまや藤原秀郷の後継者は自分であると胸を張りたくなるよう

な、高揚した気持ちになったことだろう。ちょうど、92万石の会津の太守に上り詰める時のことである。

ただし、氏郷は会津に封じられて複雑な心境でもあったようだ。独眼竜伊達政宗を向こうに回して、東北を治め切るのは、自分しかいないという自負の喜びと、反面、遠隔地に退けられたのではないかという寂寥の思いが交錯していたのである。

それだけに氏郷は秀郷本流の幕と幕紋を手にして、第2の田原藤太秀郷になろうと、新たな決意を固めた。彼は3年後に死が待っているとは夢にも思っていなかった。

蒲生氏郷は己の余命の短さは知る由もなかったが、自分が秀郷流の本家格になりえたのは、自分一代の力によるものではないことは知っていた。なぜなら、蒲生家には長い経営努力の歴史があったからである。

とりわけ祖父、父の、いわゆる元亀・天正の下克上の時代の苦労は大変なものがあった。氏郷自身、それを見聞しながら成長した。賢い子供だったから、こうした幼少時の体験が貴重な教材になったはずである。

近江の蒲生家

近江国の代表的な武士団といえば、宇多源氏の流れを汲む佐々木氏だった。佐々木氏は一族を挙げて、源頼朝の鎌倉幕府創設に力を尽くした。その有名な戦記話の一つが、宇治川の合戦の際の、佐々木高綱と梶原景季《かげすえ》との先陣争いである。

佐々木氏は武家政権の創設に大功があったので、その褒美に近江国をはじめ7カ国の守護職に任じられた。本拠地はもちろん先祖伝来の地である近江である。佐々木氏の末流から、戦国大名の六角氏、京極氏などが生まれて行った。

では、蒲生氏の場合はどうだったか。系図によると、藤原秀郷の7代目の子孫、惟賢が鎌倉時代の初め、近江国蒲生郡に入部し、小谷の丘（現在の日野町北必佐《ひっさ》小谷）に城を構えたことになっている。これが蒲生氏の始まりのようだ。

この惟賢には6人の息子がいた。次男から六男までは、それぞれ和田、小谷、室木、儀峨、狛月氏に枝分かれして行った。本家を継いだのは長男の俊綱である。そして長女は近江守護の佐々木定綱に嫁いだ。綱という字は代々、佐々木氏が受け継いでいった名前だ。蒲生俊綱も佐々木氏から一字を貰ったのだろう。長女の佐々木氏への嫁入りといい、蒲生氏は鎌倉初期から佐々木氏と密接な関係にあったに違いない。

蒲生氏は時代が下がると、佐々木氏の宗家を継いだ六角氏の傘下に入って重臣となる。しかし、鎌倉初期から佐々木宗家とは縁戚関係にあったのだから、家来から成り上がった重臣ではない。蒲生氏が名家とされた所以がここにある。

蒲生氏は鎌倉幕府の御家人ではなく、京都の藤原氏や大寺院の家人であった。これは蒲生郡に日野牧に代表されるような古い荘園が存在したことと関係がある。蒲生氏が六角氏の重臣となりながら、名家とされてきた理由がここにもある。

佐々木宗家の六角《ろっかく》氏は戦国時代、南近江を支配し、義賢《よしかた》（法名承禎《じょうてい》）の頃、全盛を誇った。足利将軍義晴、義輝を助けて威を振るった。居城は安土町の観音寺城である。標高432メートルの繖《きぬがさ》山に築かれた広大な山城で、150

以上もの郭から構成された豪壮なものだった。

城は神崎郡と蒲生郡の郡境に位置する。中山道、東海道、北国道を扼する交通の要衝である。後年、織田信長が観音寺城の西方5キロメートルの所に安土城を築いた。また近くには、石田三成が佐和山城を構えた。徳川時代には四天王の一人、井伊氏が彦根城に入った。

この地方一帯は、前に琵琶湖を望み、後ろに伊吹山を控え、諸街道を見下ろす位置にある。この地政学上の特徴は戦国時代の攻防を一段と激しく複雑にし、かつ華やかなものとした。蒲生郡の蒲生氏もまさにその渦中にあった。

戦国時代の蒲生氏の居城は日野町の中野城である。日野川（今は日野ダムが出来ている）を取り込んだ平山城である。日野町のホームページによると、日野町は滋賀県の南東部、鈴鹿山脈の西麓に位置する。東西14・5キロメートル、南北12・3キロメートル、総面積117・6平方キロメートルの小天地である。鈴鹿山脈を越えて甲賀、伊勢地方に通じる交通の要衝でもある。

蒲生氏は鎌倉以来、この小天地を経営し、富を生み、兵を養ってきた。石高にして6万石ほどの経済規模であった。兵の数はよく分からないが、当時の戦記には蒲生勢1千騎という記述がある。

それに、蒲生氏は新兵器の鉄砲を生産販売していた。もちろん、鉄砲を量産出来るだけの技術と人を抱えていたのである。琵琶湖や伊勢湾の水運を利用して、交易も幅広くやっていたに違いない。戦国大名たちは戦だけではなく、交易にも意欲的だった。鉄砲の火薬も交易で入手しなければならなかった。

蒲生氏は四百年からの日野郷の経営によって、経済的にも、軍事的にも、いざとなれば独立した行動が取れるような力を蓄えてきていた。時には京都を追われてきた足利将軍を自分の館に庇護するようなこともあった。

人物も出た。中興の祖といわれた蒲生貞秀である。氏郷の祖父定秀の祖父に当たる。二人は同音の名前で紛らわしいが、共に文武両道に秀でた武将だった。応仁、文明の乱を生き抜き、和歌にも通じて、自ら『智閑和歌集』を遺した。人々にも愛されて「智閑（法名）さん」と呼ばれた。

こうした経営基盤、リーダーが存在していたからこそ、蒲生氏は名門六角氏と運命を共にせず、新興の織田氏の下で新たな活路を切り開いて行けたのだった。

観音寺騒動

名門の末はお定まりのお家騒動、つまり内紛である。名門佐々木氏の宗家、六角氏もその例にもれなかった。六角氏のお家騒動は後藤騒動とも観音寺騒動とも言った。

最盛期を迎えた六角承禎は戦国大名として鳴らし、その下で氏郷の祖父定秀は重臣として活躍した。当時のことを記した戦記によれば、蒲生勢は勇猛だった。しかし、承禎の子の義治は凡庸だった。

六角氏の重臣に後藤賢豊という切れ者がいた。大変な権勢家で、六角義治はいつか寝首をかかれるかもしれないと恐れた。下克上の世の中だ。怖くなった。

そこで文禄6年（1563）10月、六角義治は後藤賢豊、氏豊父子に登城するよう呼び出しをかけた。そして途中で待ち伏せして取り囲み、討ち取ってしまったのである。

この卑怯なやり方に後藤一族は怒った。観音寺城を焼き打ちするとともに、湖北の浅井氏を城内に引き込もうとした。かねて小谷城の浅井氏は実力を付けてきており、六角氏を駆逐しようと野心を燃やしていた。

六角氏の重臣たちも義治に叛旗を翻した。主を放逐してしまえというわけだ。困った義治は蒲生定秀の中野城へ逃げ込む始末。そこで定秀が調停に乗り出した。定秀は祖父の「智閑さん」と同じように文武両道に秀でた実力者だった。

観音寺騒動は蒲生定秀、賢秀《かたひで》父子の努力でなんとか調停ができた。肝心の後藤氏の名跡は後藤賢豊の次男喜三郎が継ぐことになった。六角義治は追放を免れたが、この騒動を機に、六角氏の権威は地に落ち、六角氏は没落の一途をたどって行く。

4年後の文禄10年4月、「六角氏式目」ができた。この法令は、有力家臣たちがお互いに協力し合って、領国を治めようというものだった。主人一人に任せず、協議で政治をしようというものだ。主人とはもはや主従関係ではなく契約関係だというのだ。

この取り決めに署名をした20人の重臣のうち、二人は蒲生氏だった。最初から数えて5人目が蒲生定秀、16人目が蒲生賢秀だった。蒲生父子の六角家臣団に占める位置の重要性が分かる。

この翌年、文禄11年（1568）9月、織田信長が念願の上洛を果たすべく軍を動かした。行く手を遮る者は蹴散らして行くばかり。最大の障害者と思われていた六角氏は今や昔日の面影はない。事実、六角氏の重臣たちは一斉に信長に靡き、その軍門に下った。

ところが、独り首を縦に振らない重臣がいた。それは蒲生氏の当主になっていた賢秀だった。彼もまた父親と同じく文武両道の人で、しかもこうと思ったら、梃でも動かない信念の武将として知られていた。

半世紀ほど前にこんな先例があった。足利将軍と六角定頼の間で確執があった。当時、蒲生氏は将軍側だった。そこで六角定頼は2万人の軍勢で蒲生の音羽城を包囲した。この城は蒲生貞秀が築いた居城だった。蒲生軍はわずか五百人の軍勢で8カ月もの籠城戦を戦った。

そんな激しい抵抗をする蒲生の軍勢に邪魔されては、信長も困る。小城一つにてこずったとあっては、信長の晴れの上洛に傷がつく。そこで信長はここはうまく調略すべきだと考えた。

幸い、格好の人物がいた。それは伊勢神戸の城主神戸具盛《かんべとももり》だった。神戸氏は伊勢の名門。賢秀の父定秀は早くから伊勢地方と手を結び、娘を神戸氏と亀山城の関氏に嫁入りさせていた。したがって神戸具盛は蒲生賢秀の妹婿に当たった。

織田信長は周到な男である。上洛に先立って伊勢地方の豪族と誼みを通じていた。神戸具盛が信長の意向を受けて、蒲生賢秀の説得に向かった。具盛は中野城で義兄の賢秀の説得にこれ努めた。その説得の甲斐あって、賢秀はついに首を縦に振った。

実際には、賢秀は天下の情勢を冷静に分析して、信長に付くことを決めていたのかも知れない。しかし、六角氏を滅ぼす信長に一矢も報いずに、道を開くのは武門の恥と思ったのだろう。名門蒲生氏は一筋縄ではいかないことを信長に知らしめたかったのだ。

信長は蒲生氏を傘下に収めたことで後に命拾いをした。越前の朝倉征伐に出掛けた時のこと。妹婿の浅井長政が突然、叛旗を翻し、信長は命からがら引き揚げることになった。いつもの道は通れない。その時、鈴鹿峠から伊勢へ抜ける千草越えの間道を案内したのは蒲生氏だった。

第3章　氏郷の生い立ち

歌心を持つ少年

蒲生氏郷、幼名鶴千代は弘治2年（1556）、近江国蒲生郡日野の蒲生氏の居城、中野城で生まれた。父は蒲生賢秀、母は後藤播磨守の娘である。後藤播磨守は観音寺騒動で闇討ちされた後藤但馬守と同族で、蒲生賢秀と同じく六角氏の重臣の1人であった。

観音寺騒動が起きたのは、鶴千代が8歳の時のこと。観音寺城を焼け出された六角承禎、義治親子は一時、蒲生の中野城へ避難した。そして鶴千代の父、蒲生賢秀が六角氏と重臣の後藤一族との仲裁調停をした。

鶴千代はこの観音寺騒動を見ていた。8歳とはいえ賢い鶴千代はそれなりに学ぶことがあった。後藤氏は母方の一族だから、父親の斡旋ぶりにも、子供心に関心を持ったことだろう。乱世は子供にとってもいろいろな教材を提供した。

永禄10年（1567）の春、鶴千代が12歳の時のことだった。連歌師の第一人者、里村紹巴《さとむらじょうは》が日野城へ訪ねてきた。京都から東国へ旅する途中だった。蒲生家は京都の公家社会と親しく、歌心の豊かな武家としても知られていた。

話はこの時から70年ほど溯る。明応4年（1495）、連歌師として紹巴の大先達に当たる宗祇《そうぎ》が有名な連歌集『新撰菟玖波《つくば》集』を完成させた。その中に賢秀の曾祖父に当たる「智閑さん」こと蒲生貞秀の歌が5句採用された。

このことは武人である蒲生家が昔から連歌に心を寄せる文人としての家柄でもあったことを物語るものである。事実、貞秀は自分でも和歌集を編纂している。紹巴の日野城訪問にはそうした歴史的ないきさつも背景にあった。

中野城では賢秀、鶴千代の父子が紹巴を夜を徹してもてなした。当然、話は宗祇と貞秀の歌友としての話にも及ぶ。酒席は一段と盛り上がる。その間、鶴千代は膝を崩さず、眠い顔もしないで、紹巴に酌をして話に聞き入っていた。

紹巴はこのことを後に『紹巴富士見道記』にこう書いた。「日野の若君が深夜まで長座して、酌を取りながら歌を詠むので、その老成ぶりに驚いた」。紹巴はこの夜一句を作った「めぐりあひぬ種まき置きし花盛（ざかり）」。宗祇の蒔いた種が鶴千代にまで及んでいるのを喜んだのだ。

鶴千代が大人の話を眠気ももよおさずによく聞いたという逸話は後にも出てくる。鶴千代は織田信長の人質になって、軍学を美濃三人衆の一人、稲葉一徹に学んだが、昔話を聞いても退屈せずに、鶴千代だけが聞き入ったというので、一徹も信長も将来を楽しみにした。

紹巴が書いたように、鶴千代は聞き上手だったようだ。老成していたといってもいい。何事も熱心に聞くということは、好奇心が強いということでもある。つまりは勉強熱心なのだ。鶴千代が大人たちに気に入られようと計算していたとは、とても思えない。

鶴千代には気に入られようなどという思惑はつゆほども無かったろうが、話をする側にとっては熱心に話を聞いてくれる若者は嬉しい存在である。

二つの逸話から、少年鶴千代の人間像が浮かび上がってくる。鶴千代は美少年だった。大人たちは彼を末頼もしい少年だと思った。いずれ文武両道に秀でた人物に成長するだろうと期待した。

天才的な革命家、織田信長も鶴千代に期待をかけた。鶴千代は信長の期待に応えようと、乱世を疾駆した。その結果、体を壊し、人生50年よりも10年も早く、病死することになったのではなかろうか。

人質から婿へ

年号で永禄、元亀、天正の40年間は、戦国時代の総仕上げ、天下統一の激動期だった。蒲生氏郷もこの間30年、命を天下統一の戦に捧げた。

里村紹巴が中野城を訪ねた翌年、永禄11年（1568）9月、織田信長は足利義昭を奉じ、6万の大軍を率いて上洛した。上洛するに当たって、信長は十分な手を打っていた。

信長が桶狭間で、上洛しようとする今川義元を討ち取ったのは、その8年前、永禄3年（1560）のことである。以来、信長は美濃を手に入れ、北伊勢を抑え、北近江の浅井氏と手を結び、着々と上洛の準備を進めてきた。

そして、いよいよ六角氏を蹴散らして、大軍を京都へ進めようというわけである。蒲生賢秀は一戦交えようとしたが、六角氏の重臣たちは雪崩を打って信長に靡いた。一人抗戦しようとした蒲生氏も親戚の北伊勢の神戸氏の熱心な説得で鉾を収めた。

蒲生賢秀は鶴千代を連れて、観音寺城を入手した織田信長へ挨拶に出向いた。信長は賢秀の降伏を認め、本領を安堵すると共に、鶴千代を人質にした。鶴千代は13歳だった。

この時代は人質の時代である。軍門に下ると、人質を差し出して、反逆することがないことを誓った。豊臣秀吉は徳川家康を屈服させるために、自分から一時、母を人質に差し出すという芸当までしている。

人質といっても、捕虜ではない。牢につないで監視するといった扱いはしない。むしろ、大事にする。幼少児を人質にした場合は、教師をつけて教育する。徳川家康は竹千代時代、今川氏の人質だったが、禅僧から立派な教育を受けた。

信長が鶴千代を人質にして岐阜城へ連れて帰ったのは、むろん、蒲生氏が敵対しないように、担保を取ったのだが、それよりも鶴千代を一目見て、これはただ者ではない、将来きっと役に立つひとかどの人物になるだろうと見抜いたからだといわれている。

実際、信長は鶴千代を小姓として側に置き、自ら教育することを楽しみにした。もちろん、いろいろな教師をつけてやった。軍学に猛将で知られた稲葉一鉄、学問に瑞泉寺の南化《なんか》和尚、武術に各部門の達人といったぐあいである。歌や茶なども学ばせた。

信長は手取り足取りして鶴千代を教育したのである。鶴千代がそれだけの素質を持つ逸材と見抜いたからだし、鶴千代がまたその期待に応えたからである。この人質時代の信長の薫陶で、鶴千代は信長を師とする武将に育っていった。

文禄12年（1569）、信長は自ら烏帽子親となって、14歳の鶴千代を元服させた。そして自分の官位である「弾正忠《だんじょうのちゅう》」の中から「忠」の一字を取り「忠三郎賦秀《やすひで》」と名乗らせた。

それだけではない。信長は次女の冬姫を忠三郎の妻にすることにした。同年12月、二人は岐阜城で婚礼を上げた。忠三郎14歳、冬姫12歳だった。美男美女のまるで御雛様のような夫婦である。

この婚礼に先立つこと4カ月、忠三郎は初陣していた。信長が伊勢の大河内城（松阪市）を攻略したので、従軍したのである。信長は北伊勢は制圧していたが、南伊勢はまだだった。南伊勢には国司だった名門北畠氏が頑張っていたからだ。

ところが、名門にありがちな内紛が起きた。もちろん、信長の台頭が誘因だった。北畠氏の一族である木造氏が謀反し、信長に内応したのだ。そこですかさず、信長は10万の大軍を動員して南伊勢に攻め込んだ。

激戦の中心になった大河内城攻めで、忠三郎は敵陣に深入りして行方不明になってしまう。幸い、翌日、兜首二つを土産に帰陣することができた。父親の賢秀は安堵しながらも叱責した。しかし、信長は称賛して自ら褒美を与えた。

鶴千代は初陣で手柄を立てた上、冬姫を得て日野へ帰った。文字通り、故郷に錦を飾ったのである。以来、蒲生氏郷は冬姫一人だけを妻とし、側室を設けようとはしなかった。信長に義理立てしたというより、冬姫が初恋の人だったのかもしれない。当時にあっては珍しい夫婦だった。鶴千代は人質から婿へ昇格したのである。

第4章　鯰尾の兜が行く

信長の若大将

戦国武将は目立ちたがり屋だった。そのため遠くからでもそれと知られるような目立つ兜を被った。自分の戦ぶりを宣伝したのである。

もちろん、兜が目立てば、敵に狙われやすくなる。しかし、狙われるのは名誉である。そして、狙われながら、戦功を重ねていくのが武将の鑑というものであった。

蒲生氏郷の兜は鯰尾《なまずお》である。鯰の尻尾の形をしており、長く高い兜だから、一見してそれと分かる。鯰尾の兜を被った武将は他にもいた。いずれも猛将とされた人たちだ。

日野町にある蒲生氏郷の銅像はこの鯰尾の兜を被っている。どうやら若い時からこの兜を着用したらしいのだ。氏郷は十代半ばから戦場を駆け巡ったから、体を大きく見せたかったのかもしれない。

氏郷（鶴千代）の初陣は伊勢の大河内城（三重県松阪市）攻めだった。弱冠14歳の時のことだ。この時、先にも紹介したが、敵陣に深入りし過ぎて、一晩、行方不明になり、父の賢秀に叱責された。

若大将の周りには、当然、勇猛な練達の家来が控えていた。彼らは多分「若殿、深入りしてはなりませんぞ」と忠告したはずである。しかし、初陣の若殿はその忠告も聞かずに突進して行ったのだ。

幸い、若殿は翌日、怪我の功名で敵の兜首二つを土産に帰陣することができた。兜首を奪うには、お付きの勇士たちが奮戦したことだろう。

ともあれ、鶴千代こと後の氏郷は賢くて沈着冷静のように見えるが、戦となると真っ先に突進する勇者として知られた。

氏郷はこの時、父の賢秀から「あれほど焦ってはならんと言い聞かせておいたのに」と叱られたが、後に信長からも「敵の首を取るのは大将のやることではない」と戒められたという。

氏郷は信長の破格の厚遇に報いるためにも、武功を上げたかったのである。

氏郷は元服・結婚の翌年元亀元年（１５７０）から、織田信長が本能寺の変で倒れる前年天正９年（１５８１）まで、11年間というもの、信長の下で連戦した。氏郷15歳から26歳までのことである。

主な戦を列記すると、次のようになる。

元亀元年（１５７０）、氏郷15歳。越前の朝倉義景を攻撃。父賢秀と共に１千人の蒲生軍を率いて、柴田勝家軍の先鋒を勤めた。浅井長政の裏切りにあって後退するが、信長は蒲生氏を頼り、鈴鹿山脈を越える「千草越」で岐阜へ帰還する。

天正元年（１５７３）、氏郷18歳。浅井氏と呼応して再起を図った六角氏の残党を掃討。一方、伊勢長島の一向一揆と戦う。織田・徳川連合軍と朝倉・浅井連合軍が対決した姉川の合戦に参陣した。

天正４年（１５７６）、氏郷21歳。浅井氏を滅ぼした信長が朝倉討伐の軍を起こす。父賢秀と共に敦賀の手筒山城を攻撃。信長が安土城を築く。築城に従事。後に安土城落城の際の処理をする。

天正６年（１５７８）、氏郷23歳。摂津の荒木村重が信長に反旗を翻す。伊丹城を攻略。塚口砦を守る。信長がてこずった石山本願寺の攻勢が弱まって行く。

天正9年（1581）、氏郷26歳。いわゆる伊賀天正の乱が起きる。先鋒として名張に進軍。蒲生氏とは血縁、地縁もあるが、それだけに手抜きはできない。氏郷は苛酷な戦いを強いられた。

蒲生軍の戦いは主として越前、近江、摂津、山城、伊勢、伊賀といった畿内を中心としたものだった。しかし、織田信長の天下統一の戦はもっと広範囲だった。東に武田を討ち、西に毛利を討つというものだった。氏郷も長篠の合戦には参陣した。

栄える日野城下

戦国乱世の時代は、至るところで戦をしていたわけだから、庶民はその被害に苦しみ、町村は疲弊する一方ではなかったかと思われがちだ。しかし、実態は違う。戦国乱世はエネルギーに溢れていた時代でもあった。経済は成長していた。その利権、分配を巡って、人々は激しく争っていたのだ。

氏郷率いる蒲生軍は、畿内の統一・平和のために、引っ切りなしに動員させられていた。しかし、同時に領土である日野町の繁栄のために、城下町造りにも腐心していた。「富国強兵」ではないが、戦力の基になるのは経済力であり、人々の生き甲斐でもあったからである。

蒲生氏は定秀、賢秀、氏郷の3代に最盛期を迎えた。本拠は日野町の中野城だった。中野城は蒲生城ともいわれた。当然、城下町が形成されていく。その城下町を漫然と拡張させないで、計画的に町割りしたのは氏郷の祖父定秀だった。約80の密度の濃い長方形の街区が東西に延びた町になった。

中野城の北側に家臣の住宅地、西側に町人の住宅地が設けられていた。町は大きくいって村井、大窪、松尾の3大字に分けられていた。近世の日野町の大枠ができあがりつつあったのである。

人口はどれくらいあったのだろうか。ルイス・フロイスの『日本史』には、安土城の城下町は人口6千人という記述がある。それには及ばなかったにしても、その半分くらいの住民はいたのではないだろうか。

それというのも、日野は平安時代の日野牧以来の古い町だったからである。日野市という市場もあった。馬市も立っていた。鈴鹿越えの商売で伊勢との往来も盛んだった。日野商人の先祖たちも住んでいた。

近江国には古くから地域ごとに商人集団がいた。保内《ほない》商人とか小幡《おばた》商人とかの名が残っている。これらの商人集団が市場で行商で競争していた。

だが、経済成長には市場がより自由であることが大事である。そこで楽市、楽座の考え方が起きてきた。誰でも商売ができるようにしようという発想だ。推進したのは革命児の織田信長だった。彼は自由市場が経済を発展させることを知っていたのだ。

蒲生氏郷も当然、楽市、楽座を推し進めた。天正10年（1582）、28歳の氏郷が日野城下町に出した定め書きがある。それによると、日野を盛んにするために、商人、旅人を日野町を経由させるよう布告している。

市場が開かれるためには、平和が保証される必要がある。そのためには蒲生氏は働かなければならない。幸い、この頃には、蒲生軍団は強いという評価が生まれていた。

氏郷は戦いの合間に、町の繁栄に意を砕いた。彼の城下町造りは伊勢松阪、会津若松でも続いた。日野商人の移住を歓迎し、彼らのための町を設けたりした。氏郷は戦だけの武将ではなかった。町おこしを率先して担う領主でもあった。

伊賀天正の乱

織田信長は英雄だった。英雄は時として魔王になる。己の信じる大義のためには、大胆に邪魔物を抹殺するのだ。信長の場合、比叡山の焼き打ち、長島一向一揆の殲滅、荒木村重一家の惨殺などがその例である。

信長の邪魔物の一つが伊賀だった。伊賀の国は近江、伊勢、大和、山城の5国に囲まれた10里四方の山国だ。小国だが、名門の豪族がいて、なかなか信長のいうようにはならない。信長は業を煮やして「伊賀は魔性の国である。焼き尽くせ」と命令した。こうしていわゆる伊賀天正の乱が起きた。

北伊勢は伊勢平氏の子孫である関一族が支配していた。関一族の双璧は鈴鹿の神戸氏、亀山の関氏であった。この両氏は蒲生氏から妻を迎えた親戚だった。蒲生氏郷は乱が起きれば否応なしに一働きしなければならない立場にあった。

南伊勢は国司の流れである北畠氏が支配していた。これまた名門である。信長は伊勢を支配するために軍勢を動かし、結局、南伊勢の北畠氏には次男の信雄を、北伊勢の神戸氏には三男の信孝を婿入りさせた。こうして北畠信雄、神戸信孝が誕生した。ところが、この二人は不肖の息子だった。

信雄は功をあせって先代の義父北畠具教を謀殺して、伊賀へ侵入する。そして惨めに敗退する。信孝は神戸氏の年来の家臣約１２０人を放逐し、信長の指示で本家筋の関氏の亀山城を奪取する。二人とも伊勢、伊賀では総すかんの悪者となった。

しかし、二人の背後にいる織田信長は強力で、いまや天下の覇者になりつつある。守勢に立つ方では得てして内部分裂が起きる。つまり内応者が出てくる。天正９年（１５８１）４月、伊賀の豪族が安土城を訪れ「信雄氏を撃退して伊賀の民は油断している。われらが手引きをしましょう」と信長の出馬を促した。

そこで信長は伊賀を制圧する最終的機会がやって来たと判断して、軍事行動を起こす。同年9月のことだった。軍勢5万人が伊賀の7つの入り口からなだれこんだ。蒲生氏郷も近江の甲賀口から侵入し、設楽口から侵入した友軍と合体して、信雄軍を迎え入れ、さらに名張へ進軍した。

伊賀でも信長の行動はつかんでいた。4千人の地侍と多数の農民が各地に城塞を構えて徹底抗戦の挙に出た。しかし、信長軍は5万人、しかも歴戦の兵士たち。織田軍は翌10月10日には伊賀全土を占領、13日には安土へ凱旋した。これらの戦騒ぎは終結まで天正年間の5年ほどを要したので、伊賀天正の乱と呼ばれている。

この伊賀天正の乱で、蒲生軍はどのような働きをしたのだろうか。最初のうちは荒木村重の謀反を鎮圧するため、摂津の国の伊丹へ進駐していた。伊賀に攻め入ったのは最終段階に来てからのようである。しかし、蒲生氏が最初から重大な関心を寄せていたことは間違いない。

なにしろ日野は山越えすると伊勢。甲賀を経て伊賀にも通じている。そこで氏郷の祖父定秀は、娘を北伊勢の関、神戸両氏へ嫁がせて、親戚関係を結んでいたのである。さらには、天正時代に入ると、織田勢が奪った関氏の居城亀山城の管理を任されてもいた。

そうした密な関係もあったせいか、蒲生軍は伊賀を容赦なく攻略した。徹底的に残党狩りをした。文武両道の武将とされる蒲生氏郷も伊賀ではいまなお評判が悪い。

伊賀征服の時、氏郷は26歳だった。血気盛んな時だ。織田信長は一旦敵に回した者には容赦しない。電光石火の攻撃ぶりを習った婿の氏郷としては、痛くもない腹を探られないためにも、非情な戦を完遂しなければならなかったのであろう。

第5章　本能寺の変の氏郷

光秀の誘い

天正10年（1582）6月2日、驚天動地の変事が起きた。歴史に名高い本能寺の変である。天下統一間際の織田信長が重臣の明智光秀に討たれたのだ。

東の強敵武田氏を滅ぼし、西の強敵毛利を滅ぼすべく、遠征軍の羽柴秀吉に請われて、中国へ出征する途中、京都の本能寺に滞在した時のことだった。

信長の指令で、中国の秀吉に与力するため、1万3千人の軍勢を率いて、丹波亀山城を出発した明智光秀が「敵は本能寺にあり」と少数のお供しか連れていない主君の織田信長を襲撃した。

下克上の世の中ではあったが、その最たるものである。信長は光秀謀反と聞いて「是非もない」と自ら勇戦し、ついに火中で自決した。信長らしい最後だった。

明智光秀は同時に、近くの二条城に宿泊していた信長の嫡子、信忠をも襲撃して討ち取った。織田家は主人と同時に後継者の若殿まで失ってしまったのである。

なぜ、こんなことが起きたのか。その理由は昔からいろいろと論じられているが、真相は闇の中である。理由は複数だろう。いずれにせよ光秀が、信長がこのまま天下を取ると、世の中が恐慌を来すと恐れたからだろうと思われる。

光秀は教養人だった。信長を討つ前、光秀は連歌師の里村紹巴を招いて、京都の西、愛宕山で連歌の会を開いた。その時、光秀は「とき（土岐）はいま天が下知る五月かな」と詠んだ。土岐は明智氏の本姓。光秀は自分の方が天下人にはふさわしいと自負したのである。

連歌師の里村紹巴は日野の蒲生家とも親しく、若殿の氏郷の少年時代も知っていた。連歌の取り持つ縁もあり、蒲生家は信長の有力武将である明智光秀に好意を持っていた。思いは光秀も同じだったろう。信長を討ち、征夷大将軍になった光秀は、織田家の一族にもなっている蒲生氏を味方にしたいと思った。そこで蒲生氏に近江国の半分を差し上げるから、味方になるよう誘った。

しかし、蒲生賢秀、氏郷の父子は光秀の誘いには応じなかった。蒲生氏は織田氏の家臣である。しかも、氏郷は信長の次女冬姫を妻にしている。謀反人の光秀に味方するなんて、とんでもない話だ。むしろ、進んで光秀を討ちたい。ところが、六角氏の旧臣や浅井氏の旧臣は光秀を歓迎した。これら旧勢力の人達は織田信長に滅ぼされた人たちだ。当然と言えば当然だった。結果、蒲生氏は近江で孤立した。蒲生氏は信長に安土城の留守を頼まれていた。そこで織田信長の家族を中野城に避難させ、守りを堅くして、明智軍の攻撃に備えた。

中野城に籠城したのは、応援に駆けつけた人たちを含めて3千人ほどだった。これでは明智軍とは戦えない。そこで蒲生氏は信長の次男である伊勢の北畠信雄の支援を依頼し、氏郷の2歳の娘を人質に送り出した。同時に、これまでは諍いのあった日野城下の一向衆の連中にも応援を頼んだ。

ところが、安土城が炎上した。信雄が犯人だとする説もあるが、略奪騒ぎの最中の失火だろう。中野城からも安土城の炎上は見られたはずだ。織田信長の権威と文化の象徴だった城が炎上する。蒲生家の人たちは胸つぶれる思いだったろう。

今日では安土城址の近くに天守閣が復元されている。壮麗きわまる城だ。海外からやって来た宣教師たちが驚いたはずである。安土城が現存していたら、間違いなく世界遺産になったことと思われる。

さて、明智光秀の天下はどう展開したか。その役を見事に担ったのは、信長の仇を討っただろうか。信長の数ある武将のうち、誰が信長の仇を討ったのは、中国遠征軍の大将である羽柴秀吉だった。光秀の天下は三日天下に終わった。

秀吉軍に入る

本能寺の変からわずか11日後、明智光秀は京都と大阪の間、山崎の合戦で羽柴秀吉に敗れた。光秀は近江の坂本へ逃れようとしたが、京都の伏見近郊で農兵に討たれてしまった。

土岐氏の流れの名門で、知勇兼備の武将として知られた光秀にしては、まことにあっけない最後だった。彼が頼みにした細川、筒井、高山、中川といった武将は光秀を支持しなかった。むしろ、高山、中川氏らは山崎の合戦で秀吉軍の先陣を務めた。

光秀は親戚や与力の武将たちが、味方についてくれるものと思っていたが、事実は違った。信長の有力武将たちは京都から離れた所にいた。柴田勝家は一向一揆と戦った後、北陸を治めていた。滝川一益は東国にいて武田氏の旧領を治めていた。羽柴秀吉は中国にいて毛利の大軍と対峙していた。

明智光秀は自分の敵となる武将は全て遠方にいて、すぐには動けないと計算していたはずだ。ところが、自分が援軍として派遣されようとしていた中国の羽柴秀吉が想像を絶する早さで、毛利氏と和睦し、京都へ引き返して来たのである。

この世にいう秀吉の「中国大返し」が光秀の死命を制した。秀吉には主君の仇を討つという大義があった。それに秀吉は人心収攬にたけていた。大衆は旧勢力が息を吹き返し、戦乱の世が長引くことには反対だった。

蒲生一族は中野城に籠城して、いつの日か光秀が誰かに仇討ちされることを待っていた。その日が思いもかけず早く訪れたのである。氏郷はさっそく上洛して、秀吉の勝利を祝った。秀吉は蒲生氏の孤軍奮闘を称賛し、光秀側についた近江の豪族布施氏の所領を氏郷に与えた。

こうして蒲生氏郷はめでたく秀吉軍の一将となった。氏郷は元来、柴田勝家の与力だった。羽柴秀吉はやがて柴田勝家と雌雄を決することになる。それに先立って、蒲生氏郷は秀吉軍に参加したのである。

もちろん、秀吉にしても、蒲生氏郷を味方にすることは願ってもないことだった。氏郷は信長がその才気、力量をこよなく愛した若者で、信長の娘婿でもある。それに秀吉は氏郷の初陣以来の勇敢な戦ぶりを知っていた。

信長の跡目をどうするか、遺領をどうするかという大問題が控えていた。一手間違うと、秀吉が信長の仇を討ったという大功が色あせてしまう恐れがある。信長の遺児たちとライバルの武将たちが一致団結して敵に回るようなことは避けなければならない。

秀吉は巧みに立ち回って、信長の嫡孫の三法師《さんぼうし》を跡目に指名した。遺領の分配では、本拠だった近江長浜を柴田勝家へ譲った。光秀の遺領はもらったが、信長の仇を討ったにしては控え目な取り分で我慢したのだ。

それでも北畠信雄、柴田勝家、滝川一益《かずます》は不満だった。秀吉が肝心の京都を抑えたからである。しかし、光秀を討って京都を抑えたのは秀吉なのだ。子供のいない秀吉は信長の四男於次丸《おつぎまる》を養子にしていた。秀吉は於次丸こと羽柴秀勝を喪主にして、京都の大徳寺で、信長の法要を盛大に取り行った。秀吉得意の大イベントだった。

これで秀吉は信長の跡目は名目上は嫡孫の三法師であり、事実上の後継者は秀吉であることを天下に告示したことになった。信長の子息やライバルの武将たちはますます不満を募らせる。こうしていよいよ、秀吉は彼らと雌雄を決せざるを得ないことになった。

蒲生氏郷は以後、秀吉軍の青年武将として、蒲生軍を率いて秀吉の天下統一戦で活躍して行く。氏郷の出世双六の始まりである。氏郷は信長が名付け親になった「賦秀」という名が秀吉の秀を下にしていると遠慮して、名を氏郷に改めた。

亀山城の争奪

羽柴秀吉に敵対する武将は柴田勝家と滝川一益である。秀吉はまず滝川一益を攻め、その後、雪溶けを待って南下してくる柴田勝家と雌雄を決することにした。そのため本能寺の変の翌年、天正11年（１５８３）正月、関盛信《せきもりのぶ》、一政《かずまさ》の親子を京都へ招き、伊勢入りの手引きを頼んだ。

関氏はさきに伊賀天正の乱の時にみたように、伊勢平氏の流れを汲む名門で、同族の神戸氏と共に長く北伊勢を支配してきていた。その居城である亀山城は交通の要衝にあり、政治、経済の中心だった。そして蒲生氏は関、神戸両氏と姻戚関係にあった。

ところが、織田信長は伊勢を制圧して、関、神戸両氏の当主を隠居させ、三男の信孝を神戸氏の養子に送り込み、同時に関氏の居城亀山城の城主としていた。そのうち信長は、信孝を四国征伐の大将に起用することにして、伊勢の軍勢を糾合するために、関盛信を亀山城主に復帰させていた。

城主の首がその時々の事情ですげ替えられては、部下はたまったものではない。盛信の後継者を巡って内紛が起きた。そこで盛信はすでに出家している嫡子の一政を還俗させる。一政も勇猛な武将だった。親戚の蒲生氏郷の妹を妻に迎えた。

関盛信、一政父子が秀吉に招かれて留守をしている時、元亀山城主だった神戸信孝にそそのかされた家臣たちが反乱を起こし、伊勢長島にいる滝川一益に援軍を求めた。滝川一益は好機到来とばかり出兵する。こうして秀吉と一益の戦が始まった。

さすがは猛将滝川一益だ。亀山城をはじめ関一族関連の城塞をたちまち陥落させてしまった。秀吉もまた、待ってましたとばかり、軍勢を催す。その数、秀吉軍１万５千人、近江・伊勢の軍勢６万人、合計７万５千人という大軍である。

先鋒は蒲生氏郷だった。なんといっても、蒲生氏は昔から亀山城の関氏とは深い血縁、地縁関係にある。たちまち亀山城に攻めかかった。ところが、城の守りは堅く、なかなか音をあげない。そこで金掘り人夫を動員して、城内へ地下道を掘り進めた。これで城内は食料不足になった。腹が減っては戦はできない。20日ほどの攻防で、ついに滝川側は降伏した。秀吉は氏郷の軍功に応え、氏郷に亀山城を与えようとしたが、氏郷は「亀山城は関氏伝来の居城であるから、関一政に与えてほしい」と辞退した。

この亀山城攻防戦で、氏郷は秀吉の弟秀長の代将を勤めた藤堂高虎と知り合った。同じ近江の出身である。後年、同じ伊勢国で、氏郷は松阪、高虎は津を支配することになる。

秀吉が亀山城を奪取してほどなく、雪溶けを待っていた柴田勝家が軍を起こし、近江の湖北になだれ込んできた。蒲生氏郷は関一族と共に、かつては与力を勤めた柴田勝家との戦に出掛けて行く。有名な「賎《しず》ケ《が》岳《たけ》の合戦」である。

この時も、秀吉は岐阜の信孝攻めから大返しをして、柴田勝家を敗った。勝家は北の庄（福井市）へ退却し、妻のお市の方と共に自刃して果てる。落城の際、救出された3姉妹の長女が後に秀吉の妻になるお茶々こと淀君である。事実は小説より奇なりとはこのことだろう。

柴田勝家と連携していた岐阜城の神戸信孝は、兄の北畠信雄に捕らえられ、切腹させられる。そして信雄は翌年、徳川家康と連携して、秀吉を討つために

「小牧長久手の戦」を起こす。戦は決着がつかず、結局は、信雄、家康とも秀吉の軍門に下る。

目まぐるしいまでの天下争奪戦である。蒲生氏郷も絶え間無く軍勢を動かした。そうした戦騒ぎの中にあって、秀吉は大阪城の築城を始める。秀吉は経済力でも群を抜いていたのだ。

氏郷も大阪へ参上することが多くなった。氏郷は従五位飛騨守に任官した。妹のとらが秀吉の側室に上がり、三条殿と呼ばれるようになった。蒲生氏は天下人が信長から秀吉へ移るにつれて、見事に転身を図ったのである。

第6章　松阪城主の氏郷

松ケ島城の攻略

天正12年（1584）3月、伊勢松坂の松ケ島城を巡って、秀吉軍と北畠（織田）信雄軍が激しく戦った。この戦いで、小牧・長久手の合戦を引き起こした信雄は息の根を止められ、南伊勢は平和を取り戻す。

松ケ島城には滝川雄利《かつとし》が立て籠もっていた。この男は3年前の伊賀天正の乱を引き起こした張本人でもある。元は南伊勢の支配者北畠氏の支族、木造城主の木造 具政《こづくりともまさ》の子である。禅僧になっていたが、還俗して信雄の近臣となり、滝川一益の養子にもなって、滝川を名乗っていた。

もちろん、黒幕は北畠信雄である。その証拠に、信雄の家臣の日置大膳亮（元は北畠氏の重臣）が反秀吉軍の一手の大将だった。もう一人徳川家康が派遣した大将がいた。それは伊賀忍者の頭領の服部半蔵だった。

彼らは反秀吉派の軍勢およそ2万人を糾合して、松ケ島、木造など4城に立て籠もって、秀吉に挑戦した。秀吉は受けて立つ、というより、南伊勢を平定する絶好の機会と考えたのである。なにかと反秀吉を策動する信雄の息の根を止めることにもなる。

秀吉はたちまち近江、伊勢、伊賀、大和を中心に2万人の軍勢を催した。主な武将は蒲生氏郷、筒井順慶《じゅんけい》、藤堂高虎、それに秀吉に屈した滝川一益らだ。先鋒はもちろん蒲生氏郷である。氏郷の下には亀山城の関盛信、一政父子をはじめ、度会郡《わたらいぐん》の田丸具直、大和三人衆といわれた沢、芳野、秋山といった北畠家旧臣などがいた。

攻防戦は3月16日から4月3日まで続いた。攻防双方とも実態は元、北畠家の家臣たちである。元は同僚なのに、敵味方に別れて死闘するのだ。こんな理不尽なことはない。しかも3年前にも伊賀天正の乱を戦っているのである。

こんな話が伝わっている。北畠家の旧臣で星合《ほしあい》城主の娘、慶法尼《けいほうに》という人が、攻防戦のむごたらしさを嘆き、秀吉軍の司令官である羽柴秀長に和睦するよう訴えた。秀長はその訴えを取り上げ、慶法尼を松ケ島城に送り込んだ。尼は城主の滝川雄利にこう説いた。

「あなたは元はといえば北畠家にゆかりのある人ではありませんか。なにゆえに北畠家を滅ぼし、伊勢路を血で汚すのですか。籠城している兵士はもちろん、残された家族も嘆き悲しんでいるのです。それがお分かりになりませんか」。

この切々たる訴えを聞いて、滝川雄利はもっともだと思い、開城して兵を逃がし、自分も尾張へ去ったといわれている。平和を願う尼の訴えが、策謀好きな男の心を動かしたのである。女性は昔も強かった。実際は、雄利は開城の時期を計っていたのかも知れない。なにしろ、秀吉軍に本気で攻め立てられては、敗戦は時間の問題だったのだから。

南伊勢を制圧した秀吉は、氏郷の勲功に応えて、松ケ島城を彼に与えた。さきに氏郷が亀山城を関一族に譲ったことも秀吉の念頭にあったことだろう。こうして蒲生氏郷は12万石の大名になる。日野6万石から一歩大きく前進したのだ。松阪城主氏郷の時代の開幕である。

氏郷の喜びもさることながら、伊賀伊勢の人達はやっと泰平の時代が来たと喜んだことだろう。血で血を洗う骨肉の争いはもうほとほと嫌になっていたはずである。氏郷にしても日野商人たちの伊勢路の安全が保証されるようになったことを喜んだはずである。

秀吉にしても、南伊勢5郡を支配したことは、大きな勝利を意味した。これで徳川家康・北畠信雄との小牧長久手の戦も、膠着状態から抜け出せる糸口が見つかりそうである。それになんといっても伊賀伊勢を抑えたことで、近畿地方の軍事支配をしっかりと固めることができたのだから。

松阪城を造る

天正12年（1584）6月、蒲生氏郷は松ケ島城へ入城した。家族と軍兵2千人を引き連れてである。氏郷は29歳だった。新領土は伊勢6郡と大和宇陀郡である。

石高は12万3千石。うち1万石を関一政、1万5千石を田丸具直、5千石を大和三人衆の沢、芳野、秋山に分け与えた。自領は8万5千石。

氏郷はさっそく松ケ島城の大改修に着手した。５層の天守を作り、二重の堀を構えた。武家屋敷、商人町を作り、周囲に神社仏閣を配置した。近世的な城下町を造ったのである。

しかし、松ケ島城はなにぶん狭い場所にある。元は細首城といわれていた。拡張しにくいところへきて、天正13年（１５８５）11月、天正大地震が起きた。

そこで氏郷は松ケ島城の南西約8キロメートルにある四五百森《よいほのもり》の丘に本格的な城を造ることにした。四五百森の丘には、元々、旧主の北畠氏の城があった。

新城が完成したのは天正16年（１５８８）８月のことである。城の名前を松阪城とした。氏郷は「松」の字が好きだった。郷里の馬見岡綿向神社の若松の森が偲ばれるからだ。後に会津の領主になった時も地名を黒川から会津若松に変えている。

新城の本丸は標高35メートルの丘上にある。本丸の一角に天守台がある。下に二の丸、三の丸が続く。いわゆる平山城である。城を取り巻く堀の長さは2

キロメートル余もあった。

城下町は城の東側に弓の弦状に造られた。内側に武家屋敷、外側に町人町が割り振られた。町人町は商工業者の出身地、職種などで区割りされた。例えば、日野町、鍛冶町といった具合である。

注目すべきは川に松阪大橋を架けたことだ。これによって、従来は海岸沿いの道を通って伊勢神宮へ参詣したのに、市中を通って行けるようになった。日野町でも商人、旅人が日野を通るように仕向けたことがあったが、松阪では大橋でもって誘導することにしたのである。

楽市、楽座はもちろんだが、橋や道路の整備で、松阪繁盛の条件を整備したのである。これで城下町であると同時に商都である近世松阪の基盤が造られた。

氏郷は多忙だった。九州に出陣したり、京都の大仏建立や淀城の築城を手伝ったり、聚楽第への天皇の行幸に従事したりである。この多忙に加え、旧勢力を抑え、かつ浪人を採用して、新陣容を整えたりしなければならなかった。大勢の新入り重臣たちに、蒲生の姓を与えたのもこの頃である。そうした中での、松阪造りだった。

　戦乱が治まって、経済、文化の華が咲いた。日野商人も加わって伊勢商人が誕生した。

　目まぐるしい戦乱の中でも、伊勢神宮は古来からの伝統を保持し続けた。江戸時代、お伊勢参りが大流行した。今日なお伊勢神宮は大勢の参詣人で賑わっている。

「松阪少将」となる

「やっと一休みですか、松阪少将。お疲れさまです」

　こういうのは蒲生氏郷の妻、冬姫である。天正16年（1588）夏の夜のことである。「松阪少将」というのは、この度、氏郷が正四位下左近少将に任官したからである。氏郷夫妻は久しぶりにくつろいで、月見で一杯傾けていた。

「そう、やっと一息ついた。姫もどうやら気持ちの整理がついたようだな」

　本能寺の変から6年経っていた。秀吉の天下統一も後は小田原の北条氏を制圧するだけになっていた。この間、戦の連続だった。氏郷は息つく暇もないほど東奔西走していた。松阪城も完成し、一息ついたところだった。

冬姫も安閑としてはいられない歳月を送ってきた。父と兄を亡くし、幼い娘を伊勢に人質にやり、挙句の果て、信雄、信孝の兄弟喧嘩に悩まされてきたのだ。

幸い、夫の氏郷は健康で、働き者だった。初恋の人でもある夫は多忙の中でも、妻へのいたわりを忘れたことはなかった。夫はいまなお一人の側室も持たずに、自分だけを愛してくれている。

冬姫はおかげで織田一族の没落の悲しみに耐えることができた。もう若くはない。歳も三十路を越えた。これから先は、ただ平穏な日々が続くことを願うばかりだ。

「今度は小田原ですか」

「そうなるだろうね。多分、来年かな」

「ご苦労さまです。それまでは体を休ませて下さいな」

「そうするつもりだよ。だが、城下の町造りが残っている。日野の商人たちの面倒もみなければならないしな」

「でも、大勢のご家来ができたではありませんか。仕事は分担してもらえばいいのです」

「もちろん、そうする。それでなければ、体がもたないよ」

氏郷は新しく抱えた家来たちの顔を思い浮かべた。いずれも一騎当千のつわものたちである。彼らには戦のことだけでなく、政治、行政にも精を出してもらわなければならない。

第７章　レオンになった氏郷

文武両道の歌人

戦国時代の武将とはいえ、毎日、戦ばかりしていたわけではない。日々、権謀術数に明け暮れしていたわけでもない。殺戮の世界に身を置いていたから、かえって一方では、文化に憧れた。思索、瞑想の世界にも憧れた。

世に言う安土桃山の文化は豪華絢爛である。光彩に溢れている。かと思うと、変哲もない茶碗に命を懸けたり、渋さが売り物の茶室を黄金で作ったりした。しかも、分解してどこへでも運べる茶室を工夫したりした。

戦国時代の優れた武将はたいてい文武両道の達人だった。詩歌を好み、芸術を嗜んだ。茶人であると同時に建築家でもあった。勇将であると同時に文化人であることが求められたのである。

この点でも、蒲生氏郷は抜きん出ていた。文化人氏郷を語るとき、まず思い出されるのは、彼の歌心である。蒲生家は京都の公家と付き合いがあった。先祖は連歌師と親しく交わり、貞秀のように歌集を出した人もいた。その縁で、氏郷は少年時代に里村紹巴を知った。彼は連歌、和歌、漢詩を作った。立派な文学武将でもあった。

秀吉は文禄3年（1594）3月、高野山で連歌の会を催し『何衣百韻』という歌集を残した。その中に武将4人が登場し、それぞれ4句を遺している。4人の武将は徳川家康、前田利家、蒲生氏郷、伊達政宗である。秀吉は氏郷の歌人としての卓越した才能を認めていたのである。

この百韻の会の翌年、蒲生氏郷は病死した。40歳だった。辞世でこう詠った。

限りあれば　吹かねど花は散るものを
心短き　春の山風

素直に春の落花の情景を詠いながら、もっと生きたかったという、この世への名残の心情が、見事に詠い上げられている。

千家を遺した

蒲生氏郷は茶人だった。千利休の高弟だった。利休七哲の一人、それも筆頭だった。利休の曾孫の表千家の宇佐の書いた『江岸夏書』にそう記録してあるという。

七哲というのは、蒲生氏郷、細川忠興、高山右近、古田織部、柴山宗綱、瀬田正忠、牧村利貞たちである。最初の4人は史上よく知られた人たちである。

蒲生氏郷はなぜ筆頭とされたのか。氏郷は信長の人質で婿だったから、信長の茶頭になった利休と一番早く知り合ったからかもしれない。つまりは一番早く弟子になったのである。

氏郷が茶人としてどう優れていたのかは、なんとも判定のしようがない。特に話題になるような茶の名器を所持したという話も聞かない。しかし、氏郷は茶道にとって、きわめて重要なことをやってのけた。それは千家を今日まで遺すことに貢献したのである。

具体的には、千利休が秀吉によって殺された後、息子の少庵を会津に引き取って面倒をみたのだ。それが千家を後世に遺すことになったのである。

天正19年（1591）2月、千利休は秀吉の命で自刃させられた。大徳寺の門の上に自分の像を置き、秀吉にその下を潜らせたからだなどと言うが、実際は、利休の存在が政治的にも大きくなり過ぎたことだったのであろう。

利休高弟の七哲は当然悲しんだ。利休が秀吉から蟄居を命じられ、故郷の堺に去るときは、細川忠興、古田織部などは淀の渡しまで見送りに行ったという。

その頃、氏郷は東北の抑えとして会津に転封され、鶴ケ城の建設と城下造りに忙殺されていた。氏郷は天守閣のある本丸の一角に茶室を造った。名づけて「麟閣《りんかく》」。そこへ利休の息子の少庵を引き取ったのである。

少庵は実は利休の後妻宗恩の連れ子だった。先天的に片足が不自由だった。利休は後妻の宗恩を頼むところ大だったから、少庵と六女のお亀を結婚させ、少庵を養子にした。

3年後の文禄3年（1594）、徳川家康、蒲生氏郷の執り成しで、少庵は許されて京都へ戻り、京千家を興した。やがてそれをお亀との間に産まれた息子の宗旦《そうたん》に譲る。利休の血筋が少庵の子に伝わって行ったのである。

宗旦は大徳寺の僧になっていたが還俗した。清貧に甘んじた生活をして「乞食宗旦」といわれたりした。宗旦が京千家を継いだことを知って、秀吉は利休の茶道具をすべて宗旦に与えたという。

宗旦の三人の男の子が千家を引き継いで行く。次男の宗守が武者小路家を、三男の宗佐が表千家を、四男の宗室が裏千家をそれぞれ興して行ったのだ。こうして千家の茶道が受け継がれ、世界の千家となっていった。

氏郷は千家を今日まで遺す大役を演じたのだった。利休の高弟七哲の筆頭としての十分な活動をしたのである。会津の鶴ケ城には、今日なお麟閣が現存する。

キリスト教徒へ

天文18年（1549）の宣教師ザビエルの来日から、寛永15年（1638）の島原の乱の収束まで、ざっと百年が、日本におけるキリスト教の伝来、布教の時代であった。とりわけ16世紀後半が、キリスト教が日本に根を下ろした時期であった。

万里の波濤を乗り越えて来日した宣教師たちは、教育を受けた知識人であり、かつ布教の志に燃えた人たちであった。彼らの人柄と熱意、それに持ち込んできた西洋の文化、武器が日本人、とりわけ天下人や大名たちを魅了した。

信長はキリスト教に帰依することはなかったが、熱心に宣教師たちと会話を交え、西洋の情報を吸収した。信長は日本の僧侶たちの堕落を嫌い、命を懸けて来日した宣教師たちに好意を寄せて、彼らに教会や学校を作ることを許した。

秀吉は後になってキリスト教を禁じたが、信長同様、宣教師たちを招いて、西洋の情報を吸収することには熱心だった。信長も秀吉も貿易が大事であることを知っていた。宣教師たちがもたらす西洋の品々、鉄砲、火薬に大変興味を持った。

大名たちも宣教師たちからキリスト教を習い、貿易をして国を富ませ、武器弾薬を買って武装を強化することに熱心だった。とりわけ九州の大名たちがそうだった。8年の歳月をかけて、ローマ教皇へ少年使節団を派遣したほどだった。

大名たちの中にはキリスト教に帰依して洗礼を受ける者も続出した。大友宗麟、大村純忠、有馬晴信、高山右近、小西行長、黒田孝高《よしたか》、中川秀政、筒井定次などがそうである。

天正13年（1585）、紀州征伐に先立って、30歳の蒲生氏郷も洗礼を受けた。教名を「レオン」といった。『日本史』を著したルイス・フロイスは、蒲生氏郷が高山右近のところへ日夜訪ねて、熱心にキリスト教のことを聞いたと書いている。

どうやら、氏郷は利休七哲の仲間である高山右近と年齢的にも近く、大変親しかったようである。高山右近は一家そろってキリスト教徒という大変熱心な信者で、秀吉の禁止令が出た後も棄教せず、ついにマニラへ追放され、その地で亡くなった。

宣教師たちに氏郷はどう映っていただろうか。日本を愛し日本に骨を埋めた宣教師オルガンテイノはローマ教皇へこう報告している。

「優れた知恵と寛大な心を持ち、幸運と勇気に恵まれた傑出した武将である」。

蒲生氏郷も前後4回、ローマへ使節を送っている。第1回は天正13年、豊後の大友氏が使節を派遣する際に、家臣12名を参加させた。その後、機会がある度に、異母弟の蒲生貞家や重臣の町野友重などをローマへ派遣している。信仰もさることながら、大いに通商に励んだようである。

天正の少年使節団が帰国した時、氏郷は秀吉と共に彼らを迎えた。この時、少年らを世話した宣教師のヴァリニャーニに、氏郷はこう約束した。「会津を福音の国にする」。すでに会津への転封が決まっていた。それが氏郷の新領土に懸ける夢であった。

氏郷は少年時代、安土で宣教師に会い、セミナリオも訪ねていた。信長の西洋好きも影響していたはずである。それにしても、氏郷は秀吉がキリスト教を禁止しようとしている時に、なぜ洗礼してレオンを名乗ったのだろうか。

氏郷は戦続きに疲れ、心癒されるものを求めていたのだろう。それは戦の無い福音の国を造ることだった。彼は会津でそれを実現したいと思ったのである。

しかし、みちのくでは伊達政宗との抗争が待っていた。一方では、秀吉の朝鮮侵攻が始まろうとしていた。それに氏郷の余命そのものが乏しくなっていた。

氏郷は親友の高山右近のように信仰に身を捧げるところまでは行かなかった。しかし、キリスト教の福音に憧れ、洗礼名をレオンとして、新しい国造りの道を切り開きたいと願っていたのである。

氏郷は生涯、妻は愛する冬姫一人で、側室は持たなかった。この点、きわめて近代的な考えの持ち主だった。日本的文化を愛しながらも、キリスト教の教義をよしとする西洋的な思想をも合わせ持つ戦国武将だったのである。

第8章　みちのくで戦う氏郷

92万石の大守

天正18年（1590）7月、関東の覇者、北条氏の小田原城が落ちた。北条早雲以来の後北条氏は滅び、秀吉の天下統一が完成した。

秀吉は大軍で小田原城を囲み、一夜城を造ったり、淀君を呼び寄せたりして、余裕しゃくしゃくと攻城戦を展開した。その余裕の中で、戦後の関東、東北を誰に任せるかを考えた。

結論は、関東は徳川家康に、東北は蒲生氏郷にということであった。任せるといっても、家康と氏郷では内容が違う。家康は関東そのものをそっくり領有する。氏郷は東北の要の会津（当時は黒川）を治める。

家康本人はともかく、随従する武将たちは憤慨した。なぜなら、関東を与える代わりに、徳川家が先祖代々開発してきた東海を召し上げるということだからである。

しかし、家康は了承した。秀吉はいまや文字通りの天下人である。いやとはいえない。それに関東は開発の余地が十分にある。秀吉も家康も炯眼の持ち主だった。江戸が後に世界一の大都市になったからである。

氏郷も一瞬、ありがた迷惑と思ったに違いない。せっかく松阪を開発してきたからである。それに氏郷は近江人だ。東北は遠すぎる。それに黒川は伊達政宗の本拠だったのだから。

氏郷の前に友人の細川忠興が候補に上ったが、忠興は荷が重すぎると断った。氏郷も浮かない顔だという噂が流れたのか、秀吉は氏郷を呼んでこう言った。

「東北統一の野望を持つ政宗に睨みがきくのはお主しかいない。お主はわし同様、信長様の子飼いだ。信長様の天下布武の考えの継承者だ。頼む、なんとかやってくれ」。

いまや天下人で、人たらしの秀吉の頼みである。氏郷は「いやです」とは言えない。蒲生氏郷は都に遠くなることを気にしながらも、首を縦に振った。

小田原を落とした後、秀吉は会津まで足を延ばした。そして氏郷に木村吉清の面倒を見るよう頼んだ。木村吉清は明智光秀の旧臣で亀山城主だった男である。秀吉は彼に鎌倉以来の名家だった葛西、大崎両氏の旧領を与えた。このことが後で氏郷を苦しめることになる。

肝心の氏郷の新領はどうなったか。会津を中心に白河、二本松なども加えた12郡42万石だ。松阪が12万石だったから、大出世である。

しかも、続いて九戸氏の反乱を鎮圧した功で32万石を加増された。さらに太閤検地の結果、実測分が増えて、結局、92万石だということになった。徳川や毛利などに次ぐ大々名である。

秀吉が8月、京へ帰ったあと、氏郷は吉清と共に、葛西氏、大崎氏の旧領を受け取りに行き、8月末に、黒川に凱旋した。いよいよ黒川の開発が始まる。

氏郷は新時代の風を起こすため、地名を黒川から会津若松と変えた。会津は由緒のある古い地名である。若松は故郷の馬見岡綿向神社の若松の森から取った。氏郷は故郷を再現した。

城も造り変えた。今に残る名城、鶴ケ城である。七層の天守閣、本丸、二の丸、三の丸、堀を持つ壮麗な城だ。後に戊辰戦争で激しい籠城戦を戦う城である。鶴ケ城としたのは、氏郷の幼名鶴千代にちなんだものだった。

92万石ともなると、統治する家臣の数も急増を要する。氏郷は有能な武士を大量に採用した。そして彼らに万石、千石の所領を分配した。もともと懐の大きい氏郷のことだ。万石を越す城主が10余人ほども誕生した。

例えば、天正20年（１５９２）の蒲生家の家臣配置の資料によると、白河城の関一政４万８千石、三春城の田丸直昌５万２千石、米沢城の蒲生郷安《さとやす》３万８千石、白石城の蒲生郷成４万石などといった名前が見える。大名級がずらりと並んでいるのだ。

冬姫が松阪城時代でも心配したように、新規採用が増えて、給与も大盤振舞い気味ということになると、家臣の統一が難しくなる。得てして内部抗争が起きる。氏郷は内外に難問を抱えることになった。

みちのくの反乱

みちのくと呼ばれた東北には、鎌倉以来といわれる名族が蟠居していた。安東、南部、葛西、大崎、最上、葦名、伊達といった戦国大名たちである。私闘を止めないとか、小田原に挨拶に来ないとかで、秀吉から領地を取り上げられて、黙っている連中ではない。

秀吉が東北仕置きを終えて上洛すると、たちまち火の手が上がった。領地を取り戻せというわけだ。先祖伝来の所領を持つ地侍たちはなかなか手ごわい。地縁、血縁の結束が堅い。まず立ち上がったのが葛西、大崎両氏の旧臣たちだった。

秀吉の人事にも問題があった。葛西、大崎では新領主の木村吉清のことはよく知らない。「なんでも光秀の家来だったらしいぞ」というくらいの知識しかない。秀吉にしてみれば、木村は蒲生の与力だから、氏郷が面倒を見るだろうと思っていたのだろう。

木村吉清のやり方にも問題があった。降って湧いたように葛西、大崎の30万石の領主になり上がったから、人手が足りない。いきおい強引に事を運ぼうとする。それに農民の使用人を奪ったりしたというから、評判は悪くなる。一揆が起きた。

天正18年（1590）11月、蒲生氏郷は一揆鎮圧のため6千人の軍勢を率いて黒川から出陣した。羽柴秀次、徳川家康も救援に向かった。一揆が燃え盛ったことに驚いた秀吉が出陣を命じたのである。

むろん、伊達政宗も出陣した。しかし、政宗の家臣が一揆をそそのかしたという噂もあって、蒲生、伊達の共闘はうまくいかなかった。なにしろ雪の中の行軍だ。地理に暗い蒲生軍は苦労した。鎮圧できたのは翌年2月のことだった。

氏郷は秀吉に、政宗が一揆の隠れた首謀者であると訴えた。政宗は秀吉に上洛を命じられ、秀吉の前で釈明する。有名な両者の対決である。死刑覚悟で出頭した政宗はなんとか弁明して命をまっとうした。

そうこうしているうちに同年7月、今度は南部地方で九戸政実が反乱を起こした。九戸氏は南部氏の一族だが、本家を凌ぐ勢いがあった。秀吉の勝手な仕置きには従えないというわけだ。九戸氏に応じて、付近の豪族も反旗を翻す。

8月7日、蒲生氏郷は派遣されてきた浅野長政と共に南部を目指して北上した。この度は、伊達政宗は出陣しなくていいことになっていた。

23日に和賀に到着し、付近の一揆勢を掃討した。9月2日、九戸へ到着し、いよいよ九戸城を攻撃する。羽柴秀次配下の堀尾吉晴、徳川家康配下の井伊直政も加勢した。

9月4日、九戸城は落城し、九戸政実は羽柴秀次のいる二本松城へ送られ、そこで斬首された。

葛西、大崎、九戸の各氏の連続的反乱が収束して、奥州は平和を取り戻した。そこで秀吉から委任された秀次と家康によって、蒲生と伊達の所領分けが行われた。

実はそれまでは、所領の線引きがいまひとつ曖昧だったのである。伊達政宗はこれまで東北統一の野望の下に、所領を拡張して来た。秀吉の仕分けには内心不満だったのである。それが一揆の裏の首謀者と疑われた一因でもあった。

その結果、伊達、田村、長井、信夫など6郡が伊達領から蒲生領へ引き渡されることになった。氏郷にとっては31万石の加増である。一方、政宗は葛西、大崎の旧領から12郡を与えられたが、差し引きでは1万4千石の削減となった。しかも、黒川に続いて故郷の米沢も手放すことになった。

翌天正20年（1591）3月、氏郷は上洛した。秀吉の朝鮮侵攻が決まったからである。戦線は国内から海外へ向かおうとしている。東のみちのくから今度は西の名護屋へ、氏郷は軍旅を転じなければならない。氏郷は席の暖まる暇もなかった。しかし、その間にあっても、氏郷は会津の開発に努めた。

ライバル政宗

「馬上少年過ぐ　世平にして白髪多し　残躯《ざんく》天の赦す所　楽しまざるは是れ如何」

伊達政宗の晩年の所感を述べた有名な詩である。伊達政宗は69歳まで生きた。蒲生氏郷よりも11歳年下だったから、氏郷の死後41年間生きたことになる。伊達政宗もまた詩歌を良くする文人武将でもあった。さきに紹介した秀吉の高野山での連歌集『何衣百韻連歌』でも、採用された4人の武将の中に氏郷と政宗の名がある。

伊達政宗は晩年、城下に若林城を築き、別荘として能や茶を楽しんだ。蒲生氏郷は千利休の高弟7哲の筆頭人で、養子の少庵を会津に引き取り、本丸の一隅に茶室を与えた。政宗も氏郷も茶人でもあった。

キリスト教に興味を持ち、西欧に使節を派遣したことでも、氏郷と政宗は似ている。氏郷は洗礼名レオンといい、キリスト教に帰依して前後4回、家臣を欧州へ派遣した。

政宗はキリスト教に入信はしなかったが、西洋に興味を持ち、スペインと通商するため洋式船を建造して、家臣の支倉常長を長とする慶長遣欧使節団を送り出した。

どうやら、氏郷と政宗は文人としても良きライバルだったようである。伊達政宗は遅れてきた猛将だった。南奥州の支配権を確立すべく、黒川に本拠を置く名門芦名氏を滅ぼしたまさにその時、関白秀吉によって奥州仕置きが行われたのだ。

猛将政宗の悔しさは十分理解できる。みちのく反乱軍の後ろに政宗ありと疑われたのも無理ないところだ。しかし、政宗は長生きした。この点では氏郷に勝った。

政宗は米沢から岩出山へ移り、さらに仙台へ本拠を移して、62万石の仙台藩を創った。仙台藩は江戸期を通して大藩として存続し続け、仙台は東北を代表する都市となった。

それに引き換え、蒲生氏郷とその子孫たちは短命だった。しかし、氏郷が腐心した会津の町と鶴ケ城は今日なおその魅力を発揮し、多くの観光客を喜ばせている。それだけではない。日野商人たちの日野椀から会津塗が生まれ、酒、味噌、醤油、刀などの特産品も受け継がれて今日に至った。

文化は継承される。日野の文化は松阪に引き継がれ、それらはさらに会津に引き継がれていった。その意味では、氏郷は短命だったのではなかった。日野商人は氏郷亡き後も、しぶとく繁栄し続けた。氏郷を超えて行ったのである。

氏郷の最盛期は短かかった。氏郷は葛西、大崎を受領して黒川城へ帰城した時「一夜の城楼無限の感　月明らかなり五十四郡の秋」と、奥州の大守になった喜びを詠った。まだ30代半ばだった。

　しかし、氏郷の余命は後5年だった。氏郷はもう晩年を迎えていた。死病は直腸がんか肝臓がんだったらしい。真因は戦場を駆け巡った積年の疲労であったろう。

参考にした主な本

『日野町史』（2、3、7巻、日野町教育委員会編）
『近江日野商人館常設展示史料集』（同上館編、第四版）
『蒲生氏郷記』（群書類従21輯、平文社）
『蒲生氏郷上下』（童門冬二著、学陽文庫）
『蒲生氏郷物語』（横山高治著、創元社）
『フロイスの見た戦国日本』（川崎桃太著、中公文庫）
『近江商人』（末永国紀著、中公新書）
『近江日野商人の経営史』（上村雅洋著、清文堂）
『Q&Aでわかる近江商人』（NPO法人三方よし研究所編）
『滋賀県の歴史散歩下』（同上委員会編、山川出版社）

第二部

たまゆらの　祭りの鉦よ　語り継げ
今ひとたびの　熱き想いを

——蒲生恭子

第1章　邂逅

日野祭り

祭り囃子が高くなった。いよいよ曳山のお出ましだ。蒲生《がもう》悟《さとる》は馬見山綿向神社の参道で、曳山が集まって来るところを待った。曳山は江戸時代からの由緒ある十六基の豪華絢爛の山車で、日野商人の汗の結晶でもある。

祭り囃子は笛、大小の太鼓、すり鉦で構成されている。笛は心を躍らせる。太鼓は胸を打つ。すり鉦は金属と金属が触れ合って、清冽な響きを出す。か弱く聞こえて、しかし心に滲み通る。

悟はふと「たまゆら」という言葉を思い出した。急いで携帯している電子辞書を引いてみた。万葉集に出てくる玉響《たまかぎり》のことで、玉と玉が触れ合ってかすかに立てる音のことらしい。ほんのしばらく、一瞬という意味があるらしい。「たまゆらの命」などと使う。

そういわれてみると、悟はすり鉦は、はかない命ながら、その尊さを訴えているような気がする。祭り囃子は単に勇壮で愉快なだけではないのだ。連綿と続く人の命の尊さを謳っているのだ。

蒲生悟は滋賀県蒲生郡日野町が故郷である。日野祭りといわれる馬見綿向神社の春の大祭は子供の頃から楽しみだった。父や母に手を引かれて宵祭りの曳山見物をしたものである。

「大宮さん」と呼ばれる綿向神社の由緒は古い。大昔、出雲国から移住してきたらしい人々が、東に聳える綿向山《わたむき》をご神体にして祭った郷の鎮守だといわれる。この地出身の大名として有名だった蒲生氏郷も氏神として尊崇した。

祭りは前後三日も続く。本祭の当日は、日野出身の近江商人たちが寄進した山車が神社からお旅所まで六時間をかけて練り歩く。町の人はもちろん、近在の人々も、久しぶりに帰省した人々も、名物の「鯛そうめん」などを口にして、祭りの楽しみに酔いしれる。

だが、蒲生悟は近年、絶えて祭り見物をしたことはなかった。横須賀の大学校で勉学に勤しんでいたせいもあったし、肝心の実家が今は住む人もない廃屋になっているせいもあった。

町役場に勤めていた父は十年前に心臓の病で急死した。保育所の保母をしていた未亡人の母も三年前、乳がんで亡くなった。春という妹が一人いるが、もうとっくに嫁入りしている。相手は高校時代の同級生で、確か信用金庫に勤めている。

悟はいまは帰る実家もないので、昨夜は近くに出来たビジネスホテルに泊まった。妹の家には明日にも顔出しするつもりだ。案外、妹も幼い子供の手を引いて曳山見物に出てきているかもしれない。出くわしたら、驚くことだろう。

悟は防衛大学校でシステム工学を学び、今は研究室の助手をしている。近く米国はボストンの大学に留学することが決まっている。留学する前に、故郷の墓に詣で、ついでに日野祭りを観てみたくなった。祭りがゴールデン・ウイークの休日なのも好都合だった。

「風薫る五月か」

悟は思わず口に出していた。まさにその表現そのままのさわやかな五月晴れだった。神社の奥殿が鎮座する綿向山も標高千百メートルの全容を現していた。

「ほんと。風薫る五月だわ」

突然、悟の後ろから女性の声がした。悟は驚いて振り返った。

「あら、ごめんなさい」

女性は悟を驚かしたと知って詫びを言った。

見ると若い女性だった。目鼻立ちのすっきりした色白で立ち姿のいい女性である。ピンク色のワンピースに羽織った白のカーディガンが清々しく映えている。

「あなたの感想に思わず同調しちゃった。驚かしてごめんなさいね。恥ずかしいわ」

「いや、とんでもない。賛成してもらって嬉しいですよ」

悟はあわてて手を横に振った。そして、思い切って聞いてみた。

「日野祭りはよくお出でになりますか」

「いいえ、今日が初めてなんです。こんなに素晴らしい由緒あるお祭りとは知りませんでしたわ」

女性の口調は歯切れがよかった。声も温かくてさわやかだった。

「それじゃ、せいぜい楽しんで行って下さい。私はこの町の生まれですから、そうしていただくと嬉しいですね」

悟は本当は「よろしかったら、ご案内しましょうか」と言いたいところだった。だが、ぐっと我慢した。軽い男だと思われたくはなかった。

悟は彼女に心惹かれながらも、繰り出してきた曳山に目を向けた。自分は武人の端くれである。行きずりの女性に気を惹かれ過ぎてはならん。そう自分に言い聞かせた。

商人館

綿向神社は霊験あらたかな鎮守の神様だった。後祭りの四日、鎮守の神様は悟と女性を再び引き合わせてくれたからである。場所は町の歴史民俗資料館として有名な近江日野商人館であった。

この日、悟は先祖の墓に詣で、その足で妹の家を訪ねた。妹夫婦の家は町外れの町営住宅だった。近くにこの町が誇る蒲生氏郷の銅像があった。

妹一家は悟を文字通り歓迎してくれた。小学校一年生の長女の弥生も幼稚園年長組の長男の太郎も最初の内は恥ずかしそうにしていたが、すぐに慣れて「おじちゃん」としなだれかかって来た。

「米国留学とはよかったですね。おめでとうございます」

妹の亭主の小田竜二は心底祝ってくれた。

「何年くらい行ってくるの」

妹の春が聞いた。

「差し当たっては二年と言われているけどね。勉強の進み具合では延びるかも知れない」

「ともあれよかったじゃない。米国人のお嫁さんを連れてこないでね」

妹が冗談を言った。

悟は結局、妹の家で昼食を取ることになった。妹が作ってくれた心づくしの「鯛そうめん」を食べながら、義弟の竜二とビールで乾杯した。

悟は昼食の後、妹一家に別れを告げ、ビールの酔いを醒ますためもあって、間もなく暇を告げる町を綿向神社へ向けてゆっくりと歩いて行った。

いつの間にか、悟は日野商人館の近くまで来ていた。商人館は小学生の時、一度連れて来てもらったことがあったが、以来、ゆっくり見学したことがなかった。いい機会だった。勉強していこうと思った。

商人館は代表的な日野商人の山中兵右衛門家の邸宅である。山中家は十八世紀の半ばごろから、醸造業と唐物薬種で栄えてきた。二代目は立派な家訓を遺している。邸宅内は日野商人の博物館になっている。

もちろん、邸宅そのものも貴重な文化財である。門も塀もそれなりに立派だが、ひときわ立派なのは人目のつかない内部の造作である。悟が座敷の凝った作りの説明を聞いている時、不意に横から女性の声がしてきた。

「あら、またお会いしましたわね」

見ると昨日の女性である。悟は心底驚いた。

「やあ、貴方でしたか。奇遇ですね」

「ほんと、ご縁がありますわね」

女性は婉然と笑った。彼女も悟には好感を持ってくれていたようだった。彼女は昨日とは違って、グレーのビジネススーツである。これもまた似合っている。

「いろいろご勉強のようですね」

悟は再会を機に、今度は少し話をしたいと思った。

「私、こんな会社に勤めていますの」

女性は名刺を差し出した。見ると、大手の総合商社の経営企画室とある。名前は東恭子。

「これは失礼。僕はこういう者です」

悟も名刺を差し出した。

「あら、防衛大学校の方ですか。いろいろ教えていただきたいですわ」

彼女は経営企画室所属というから、エリートの総合職なのだろう。悟は彼女が各方面の情報収集に興味があるのだと思った。

「実は経営企画室で日本的経営とは何かなんて、勉強させられているんです。わが社の創業者はご存じでしょうけど、近江商人なんです。いえ、日野商人ではなくて近江八幡商人の出なんですけど。日野商人のことはあまり知らなかったんですけど、大活躍をした近江商人集団だったんですね。蒲生氏郷と日野商人の関係なんて、格好の研究課題ですよね」

「でしょうね。僕もわが故郷のことなんですけど、あまり知らないんです。日野椀という木製のお椀の行商から始まって、醸造、薬品と商売を広げて、関東に進出して行ったらしいですね。一時は鉄砲の製造、販売でも有名だったらしいですよ」

「あら、やはり防衛問題に関心がおありなんですね」

「いや、そういうわけでもないんですが、近江商人が武器も扱っていたというのは面白いと思いましてね。もっとも、島原の乱以後はご禁制になって、鉄砲からは手を引いたらしいですけど」

「私、日本的経営の原点は近江商人の商人道にあると思っているんです。商社って面白いでしょう。勉強していて月給をくれるんですから」

「いや、僕だってそうです。システム工学の研究で給料をもらっているんですから」

悟と恭子はいつの間にか、話し込んでいた。二人は見物客の流れからすっかり疎外されていた。

吉田山

二度あることは三度あるという。蒲生悟と東恭子は三日連続で三度の邂逅を経験した。三度目の出会いは、京都の吉田山であった。

京都大学の東に、由緒ある古社、吉田神社がある。吉田神社は東の地続きに吉田山を背負っている。

吉田山は洛中を一望する小山で、昔から格好の逍遥の地として、学生たちに親しまれてきた。歌にも唄われた。

有名なのは、旧制の第三高等学校の逍遥歌《しょうようのうた》である。その第一節にこうある。「紅萌ゆる丘の花　さ緑匂う岸の色　都の春にうそぶけば　月こそかかれ吉田山」。

吉田山の頂上には、この「紅萌ゆる」の歌詞を大きく刻んだ石碑がある。かってこの地に学んで、青春を謳歌した人たちにとっては、思い出の丘なのである。

五月五日の午後二時過ぎ、蒲生悟と東恭子はこの歌碑の前で、三度目の邂逅をした。それぞれ友人を一人伴ってであった。

蒲生悟は高校時代の友人で、今は京都大学で日本史を研究している田中栄一と一緒だった。東恭子はこれまた高校時代の友人、斎藤早苗と一緒だった。

悟は実は京都大学に進学したかった。悟の母方の祖父が旧制三高に学んだことを知って、憧れていたからである。しかし、経済的理由で防衛大学校を選んだ。父方の伯父に海軍兵学校に進んだ人がいたことも一因だった。

恭子は京都大学で数学を学んだ。母から女だてらにといわれながらも、数学の持つ不思議な魅力にひかれたからである。早苗は慶応大学を中退して米国のスタンフォード大学に学び、今は外資系の投資会社に勤めている。

悟と恭子は顔を見合わせた。

「またお会いしましたね」

「これで三日連続、三回目ですわ」

横から栄一が口を挟んだ。

「何だって、三日連続して三度目の出会いだって。そんなことがあるのかね」

「それって運命よ、赤い糸が繋がっているのよ」

早苗が素っ頓狂な声を出した。

「いや、たまたま二人で昼ご飯をたらふく食べて、腹ごなしにここへ登ってきただけですよ」

悟が照れる。

「あら、私たちも昼食後の腹ごなしの散歩なのよ」

早苗がいう。

「矢張り、赤い糸のせいだ。まさか、昼食は京都大学のレストランじゃないでしょうね」

栄一が聞く。

「そうよ。校門の側のレストランよ」

早苗が答える。

四人とも一瞬黙ってしまった。悟がその沈黙を破った。

「奇遇に驚いて、お互い紹介も忘れていましたね」

「そう、そうだわ」

恭子が自己紹介し、同時に早苗を紹介した。悟も自己紹介し、同時に栄一を紹介した。

「大学は違うけど、高校は同じか。何だか、運命的な四人組に思われてきたぞ」

栄一がはしゃいだ。

「折角の機会ですから、どこかで腰を降ろしてお話ししたい気分ね」

早苗が応じる。

「山を下りて、喫茶店でも探しますか。それとも大学に戻りますか」

悟が提案する。

「あのう、皆さん今夜、何かご予定がおありですか」

恭子が尋ねる。四人とも首を振る。

恭子がおずおずと提案する。

「夕方、もう一度お会いするって、だめでしょうか」

「いいですよ、どこにします」

栄一が応じる。

「『よし田』でいいじゃない。久しぶりに行きたいわ」

早苗が提案する。

「構わないかしら」

恭子がためらいがちに応じる。

早苗が「よし田」の説明をした。

「実は、恭子のお母さんのおばんざいのお店があるの。高瀬川沿いのビルの地下、三条とお池の間よ。恭子のお父さんは京大の医学部の教授だったの。それが突然心臓発作《ハートアタック》でお亡くなりになって、教え子たちが資金を出し合って、未亡人の教授夫人にお店を開いてもらったの。未亡人の生活のことも気になったけど、その実、御馳走になってきた奥様の手料理で、引き続き一杯やりたいという気持ちが強かったのよ。以来、教え子のお医者さんのたまり場になって、いつも繁盛しているというわけ」

「驚いたな。でも、ぜひお邪魔したいね」

栄一がすぐに賛成する。

「でも、突然、われら四人で押しかけて行っていいのかな」

悟が遠慮する。

「それはいいのよ。母も歓迎すると思うわ。でも、一応、予約を入れてみるわ」

恭子がすぐに携帯電話を取り出した。

「いいそうよ。カウンターはいっぱいだけど、別の席でいいならだって。午後五時半でどうかしら」

話は決まった。五時半の「よし田」での再会を楽しみに、四人はそれぞれの散策の途に出た。

「よし田」

「よし田」は客席二十余りのこぢんまりした店だった。値の張りそうな絵や書がさりげなく架けられていた。季節に見合った粋な活け花が目についた。悟は多分、恭子の母の手になるものだろうと思った。しっとりと落ち着いた、しかし、明るい店である。

「あら、いらっしゃい。時間通りね」

恭子の母は澄んだ若々しい声で、四人を歓迎してくれた。恭子に似て端正な顔をした、上品で優しそうな婦人だった。地味な和服がしっくりと似合っていた。

「隅の囲いの席でいいかしら。和ちゃん、ご案内して」

恭子の母はそういって、手伝いらしい若い子に案内させようとした。その前に、悟と栄一は自己紹介した。

「お邪魔します。蒲生悟といいます」

「お世話になります。田中栄一です」

「ようこそ。早苗ちゃんもしばらくね」

恭子の母は馴染みの早苗にも声をかけた。

その時、すでにカウンターに陣取っていた初老の紳士から、恭子に声がかかった。

「おう、恭子ちゃん。久しぶりだね。一献差し上げたいが、若い男女の四人組とあっては、遠慮しておくか。いや、最初の乾杯のビールぐらいはサービスさせてくれよ」

「先生、気を遣わないで下さい」

「いや、気を遣うよ。遣わせてくれよ。いつもの生でいいかい」

恭子とはなじみのお医者さんと見えた。恭子が小さい声で皆に紹介した。

「大学病院の林先生よ。父の愛弟子だった人」

先生の指示で生ビールが来た。

「いただきます」

四人は林医者の方を向いて乾杯の杯を挙げた。

お手伝いの和ちゃんが注文を聞きにきた。栄一が仕切った。

「おまかせでいこう。片っ端から持ってきてよ。どれもこれも旨そうだから」

「ところで、いつか聞こうと思っていたんだが、悟は蒲生氏郷の子孫なのかね」

栄一が聞く。

「いや、子孫じゃないだろう。氏郷は家来に蒲生という姓をやたらと呉れたそうだからね。わが家の蒲生姓は明治になってから、勝手に郡名を頂戴したんじゃないか」

悟はあっさりと答える。

「そうかね。氏郷に何か縁があることにしておこうよ。その方が面白い」

栄一が茶化す。

「日本史の学究がそんないい加減なことでいいのか」

悟は真面目だ。

「東さんの方は、推測するに、室町時代に古今集の奥義を宗祇《そうぎ》に伝授したという東常縁《とうつねより》の一族だろう。千葉氏につながる文武両道の名家の流れだ」

栄一の詮索が続く。

「まあ、名家だなんて。父は山科の庄屋の出ですよ」

恭子があっさり否定する。

「じゃあ、早苗さんはどうだ」

悟が聞く。

「失礼だが、早苗さんの斎藤家もわが田中家も世間にざらにある姓で、何とでも説明できる。日本人の先祖の姓は源平藤橘の四つの姓に集約できる。蒲生は藤、東は平、斎藤、田中は四姓全部じゃなかろうか。四姓に集約できるところが、日本民族及び日本のお国柄の特徴という次第さ」

栄一は早くも日本酒を一本空けている。酔いが回り始めたらしく、次の話題を持ち出す。

「ところで、日本は集団的自衛権を発動して何をするつもりだね」

「何もしないさ。戦争はしない方が最良の策なんだ。孫子もそう明言している。集団的自衛権は、当方にもいざという時の備えはありますと宣言しておくためのものさ。第一、交戦権を持たない国なんて国じゃないんだ」

悟が答える。

「でも、集団的自衛権なんで、戦争を回避するための抑止力になるのかしら。イスラム過激派を喜ばせるだけじゃないかしら。テロとネット、それにロボットで戦争の姿自体が変わってきたんじゃないの」

これは早苗だ。

「それはいえるわね。経営環境も高度成長時代よりももっと複雑よ。金融工学なんていうけど、世界の金融市場は抜き差しならぬ深みにはまり込みつつあるように思うわ」

恭子も議論に加わる。

「私も金融工学なんてものを齧《かじ》ったけど、人工知能でなんでもうまく行くなんて信じる方が馬鹿よ。世の中、というより人間そのものが、もっと複雑怪奇な存在なのよ。イスラム国の本当の敵は米国資本主義というよりも人間そのものの業なんじゃないかしら」

早苗も酔いが回ってきたらしい。

「本当の敵は人間か」

悟が思わずつぶやく。

「かもね」

恭子も同調する。

「まったく人間というのは愚かだよ。戦争はこりごりのはずなのに戦争をする。愚の骨頂なのに、治らない。だから、歴史をしっかり勉強する必要があるんだ。温故知新さ」

栄一がわが田に水を引く。

「しかし、歴史学者もいい加減よ。戦争に負けたら、昔のことは全て間違っていたことにして頭を下げる。だから、中国、韓国が戦後七十年も経ったというのに、日本の歴史認識がまだ不十分だと問題にする。内政干渉もいいところよ。なぜ日本は正しいこともしたんだと胸張って言えないの」

早苗の舌鋒は鋭い。

「僕は喧嘩両成敗が正しいと思っている。勝った方も負けた方もそれぞれ戦争の要因を抱えていたんだ。恨みが恨みを生む連鎖を断つためには、中国も韓国もわれわれにも問題があったと認識すべきなんだ」

悟が憮然とする。

「そうだけど、勝てば官軍なのよ。会津藩も元来は勤王《きんのう》だったんでしょう。それが幕府側を代表する朝敵になったんだから。会津生まれの友人なんか、いまだに薩長はけしからんといっているわよ」

恭子が嘆く。

「だから、大局的な政治判断、バランスの取れた外交感覚が必要なんだ。つまりは、その時代を担うに足る人物が必要なんだよ。つまるところ真の大事は人材開発だ」

栄一が結論を導く。

「そうだな。歴史学者にして教育者の君の責任は重いぞ」

悟が切り返す。

「みんな責任は重いわ。企業の責任も重い。外人を経営トップに据えたり、社内の会議を英語にしたり、いろいろグローバル化に努めているようだけど、日本的経営の良さはどんどん無くなっていっているわ。バブルが弾けて、日本は第四の敗戦を経験したというけど、それまでの日本的経営の良さまで無くしたんじゃ、敗戦後の総懺悔と同じことじゃない」

恭子も酔ってきたようだった。

四人の会話は果てしなかった。出て来た料理も次々と消化されていった。

十時になると、さすがにお開きとなった。悟は栄一の、早苗は恭子の所に泊まることになった。勘定は割り勘だった。別れ際、恭子が悟に握手してきた。

その時、小さな紙片が悟の手に残った。

第2章　再会

商社で

東恭子はなんとなく気分が落ち着かなかった。なぜだろう。石田梅岩の『都《と》鄙《ひ》問答』を再読しながら、この名著に入り込めなかった。再読のせいかしら。いや。そんなことはない。

江戸時代に心学を開いて多くの信奉者を集めた石田梅岩は、英国のアダム・スミスが『資本論』を著す三十年も前に、市場メカニズムの存在と効用を説いた。つまりアダム・スミスのいう「神の見えざる手」を指摘していたのである。

恭子は江戸時代は封建制度の時代で経済も人口も停滞していたとされがちだが、その実、世界的な人物を輩出し、同時に、浮世絵などの独自の文化を創り出していることに驚く。

彼女が学んだ数学の分野でもそうである。関孝和が現れて、和算を完成させ、円周率の計算を行った。彼の数学は世界一流の水準だった。同時に江戸人は算盤に巧みな算数の達人だったのである。

恭子は思う。江戸時代は案外、創意工夫に満ちた時代だったのではなかろうか。鎖国と身分制の時代だっただけに、人々はその枠を越えようと、自由を求めて独創性を発揮したのではなかろうか。

近江商人にしてもそうである。既得権にあぐらをかいた座の制度を打ち破り、楽市、楽座を勝ち取って、自主的な組合を作り、情報を交換し、定宿を設けて、お互いに便宜を図り合ったのである。

良いものは時代を超えていい。同時に、国を超えていいのである。恭子はそうした日本的なものの普遍性をレポートにまとめたいと思う。思うがまだ不勉強だ。

「どうした、恭子ちゃん。何か思い惑っているみたいだな。日野商人のレポートは別に急がなくてもいいんだよ」

そう声をかけてきたのは、上司で主任研究員の上田孝である。彼は一橋大学を出てハーバード大学のビジネススクールにも学んだ学究派である。著書もある。そのうち、商社を辞めて、大学の先生になるかもしれない。

「ええ。でも、日野は面白かったですよ。いいお休みをいただきました」

そう応じながら、恭子は自分のもやもや気分の原因に思い当たった。それは蒲生悟のせいだった。別れ際に、紙片にプライベートのメールアドレスを書いて渡したのに、一向にメールが来ないからである。

悟がメールアドレスをくれなかったから、恭子としてはもっぱら待つほかない。早くメールをくれれば、三日連続の出会いの思い出や感想を語り合えるのに。悟は何をしているのだろう。商社マンと違って愚図な男だわ。

恭子はまだ気が付いていなかった。彼女は周りの商社マンたちの、如才のない気配りや、軽妙なおしゃべりとは無縁なだけに、悟の存在が気になって仕方がなかったのである。

悟は商社の同僚とは異質な男だった。木訥なまじめ男だった。寡黙でもあった。しかし、自分の意見は持っていた。国のために尽くすという信念みたいなものを腹に据えている男だった。そこが恭子の興味を引いた。

それに悟は感じのいい青年だった。美男子とはいえないが、男らしい引き締まったいい顔をしていた。目が生きていた。声にも張りがあった。中背だが、がっしりした体つきをしていた。いわば恭子のタイプだった。

「よし田」で歓談した翌日、斎藤早苗が辞去した後、母の東冴子が娘の恭子に言った。

「昨日はずいぶん楽しそうだったわね」

「やかましかったかしら」

「そんなことはないわよ。でも、時々、声が響いてきたかな。林さんたら『青春ですなあ。羨ましいなあ』と言ってたわ。自分も参加したさそうだったわ」

「そう。今度会ったら謝っておかなければ」

「そんな気遣いは無用よ。それより、お母さんにも教えてね。ボーイフレンドが出来たんなら」

恭子は母が悟と栄一をどう見ていたのかが気になった。

「わかった。だとすると、二人のうちどちらがそうだと思った？」

「そうねえ。二人とも良い若者だったわ。恭子が好意を寄せているのは、三日連続して会ったという蒲生さんの方かな」

恭子は笑って答えなかった。しかし、やはり母はそう思っていたのかと思った。

「彼は防衛大学校よ。気にならない？」

恭子は聞いてみた。母は平和主義者である。戦争は嫌いだ。

「だそうね。でも、立派な職業よ。誰かが身を張って、国の安全の先頭に立たなければならないんですものね。男は皆、自分の職業で世のため人のため尽くそうと決意しているものよ」

母はやはり大人だった。甘っちょろい平和主義者ではなかった。

「女だってそうよ。お母さんだってそうでしょ。お母さんの手料理、皆感激していたわ。皆また来ていいかなって聞いてたわ」

「もちろんよ。大歓迎だわ。お客さんにおいしいといわれるのが、私の生きがいなんですもの」

母も蒲生悟を気に入ってくれたのだ。恭子はそう確信した。それなのに、一向にメールが来ないのはなぜなんだ。恭子は悟に何か問題が起きて、手間取っているのではないか、と心配になった。

大学校で

蒲生悟は恭子のメールアドレスが気になって仕方がなかった。恭子が書いたメールアドレスの紙片は大事に財布にしまってある。いつでもメール出来るのだが、メールの文言が決まらない。

「楽しかった」と書くのは簡単だが、それだけでは味けない。

「また会いましょう」というのも簡単だが、いつどこで会うのか言わなければメールする甲斐がないだろう。

悟は恭子とデートしたいのである。だが、悟にはデートの経験がない。どう言えば、迷惑がられずに済むのか、自信がない。恭子がメールアドレスをくれたんだから、恭子は自分のメールを待っていてくれるのは、確かなんだが。

思い悩んだあげく、悟は今は忙しいからな、と自分に言い聞かせた。忙しいのは確かだった。後三ヵ月で渡米しなければならない。その準備がある。しかも、渡米前に小さな試論を英語で書いておきたいと思っている。

渡米する先は、古都ボストンである。留学先は有名なＭＩＴ。つまりマサチューセッツ工科大学である。同大学には情報工学で世界的に有名なヘラー教授がいる。

悟は防衛大学校の大学院を終え、研究助手を務めているので、ヘラー教授の研究室の研究員として招かれることになっている。出来れば小論文の一つでも携えて行きたい。

とは思い立ったものの、試論とはいえ何か時勢に即したものを書いてみたい。悟はいろいろ考えたあげく、いま問題になっているサイバー攻撃をテーマにすることにした。

京都の「よし田」でも話題になったが、戦争の形が変わろうとしている。軍事衛星による無人機の攻撃や情報機能を攪乱するサイバー攻撃などはその最たるものである。

イスラム過激派を中心とする世界のテロ集団は、近代的な兵器や通信手段を持ち、世界を攪乱しようとしている。宣伝力もなかなかのものである。

悟は戦争反対である。しかし、テロは封じ込めなければならない。でなければ、いつ大規模な戦争に波及するか知れたものではない。それには情報戦争で優位に立つ必要がある。

第二次世界大戦でも、日本は米国の情報戦略に負けた。暗号の解読力一つでも雲泥の差があったといわれている。情報戦争は今日ますます熾烈かつ影響力大なものとなっている。

悟はサイバー攻撃を撃退するためのシステム構築を提案したいと思っている。システムだから、それはハード、ソフト両面に及ぶ。ハードが完璧でも、人は弱い。

出来るだけ、人の介入余地を少なくすることは出来るが、そうなればＡＩ、つまり人工知能が主役となる。最後の判断まで人工知能に頼っていいものであろうか。

悟は試論の解に頭を悩ます一方で、英文化にも苦労した。悟は人工知能によって、即時翻訳ができる時代の到来が待たれると思った。やはり、ＡＩでなければ、言語障壁は崩せないのだろうか。

「なんだか、えらく苦吟しているようだな」

側に来て声をかけたのは、同じ研究助手の桑原誠である。悟とは入校同期で、彼もまた九月から、ニューヨークのコロンビア大学に留学することになっている。

「留学する自信が無くなってきたよ。まずは下手な英語で苦労しそうだ」

悟が悲鳴をあげると、誠はあっさりと首を横に振った。

「なにを今さら。日本人だから日本人英語でいいのさ。米国人だって、下手な英語を話す奴もいるぜ。習うより慣れろだ。帰国する頃には、流暢な米語を話しているだろうぜ。そう思うことにしようよ」

悟はそれもそうだと思った。思ったが、すぐに思い返した。誠は小学校時代、米国に居たんだ。

「ありがとう。そう図太く構えたいもんだ。しかし、君は確か、小学校時代は米国に居たんじゃなかったか」

「そうだよ。小学校二年生までね。親父が米国に駐在していた関係でね。しかし、小学校二年生の英語では駄目だ。それに今ではすっかり忘れてしまっている。僕に利点があるとすれば、耳がまだ米語の音声に慣れているということくらいかな」

そういうと、誠は話題を変えた。

「ところで腹が減った。ランチに行かないか」

「行こう。もう正午を回ったか」

二人は食事に出た。いつもの校内食堂である。悟は肉ジャガ定食、誠は麻婆豆腐定食を選んだ。

「九月からは日本食にも縁遠くなるな」

誠が言う。

「なあに君はニューヨークじゃないか。日本食の店がごまんとあるというぞ。俺もニューヨークだったら、君と一緒に日本食を選ぶことができるんだが」

悟が羨む。

「君こそ変なことというぜ。ユビキタスの時代だぜ。誰でも何時でも何処でも情報の受発信ができるんだ。それにニューヨークとボストンの間は飛行機で一時間だぜ。いつでも会えるさ」

「まあな。ところで、君はデートしたことあるかい」

悟が聞く。

「あるさ。大有りだよ。防衛大学生は案外、女の子にもてるんだぜ」

誠が胸を張る。

「ふーん。で、デートでどこまで行くんだい」

「ケースバイケースだ。最後まで行くこともある。女の子って案外度胸がいいんだぜ。最初から最後まで行くつもりで来る女の子が多いんだ」

悟は黙った。恭子もそうなんだろうか。恭子に限ってそんなことはあるまい。教養が邪魔するはずだ。さて、メールでどう切り出したものか。悟の迷いはいちだんと深まった。

メール

蒲生悟は思い惑ったあげく五月末、東恭子にメールを送った。六月へ持ち越したのでは、自分からメールアドレスを教えてくれた恭子の温かい思いと自尊心を裏切ることになると思ったからである。

文面は格好をつけないで、自分の正直な気持ちを伝えるものにした。悟は元来、もって回った言い方や美辞麗句などには無縁な男である。率直簡明が一番性に合っていた。

悟はこうメールした。

「その後いかがお過ごしですか。私は留学準備に追われています。いますが、日野祭りから三日連続して、貴方にお会いできたことを何度も思い出していま す。実に楽しかったなあ。素晴らしい出会いでした。今一度お会いしたいと思い続けています。よろしかったら、東京で再会しませんか。週末ならたいてい都合がつけられます。昼食でも楽しめたらいいですね。お忙しいでしょうが、何とか都合をつけていただけませんか。日時場所はお任せします。何分、私は横須賀の田舎者ですから。間もなく梅雨です。お体にお気をつけ下さい。悟拝」

メールは当然のことながら、直ちに東恭子のスマートフォンに届いた。恭子はちょうど昼食に席を立とうとしているところだった。

「あら。やっと来たわ」

そう呟いた恭子に、通りかかった同僚の辻久子が覗き込んできた。

「なによ。嬉しそう。さてはボーイフレンドのラブレター」

「そうよ。素敵な人」

恭子ははしゃいでみせた。

「そうかあ。恭子にもついにいい人が現れたか。どんな人？　教えてよ。私だって教えているじゃゃない」

久子が迫った。

「その時が来たらね。まだほんの始まり。これからどう発展するか、私にも分からないんだもの」

恭子の告白に、久子が素直にうなずいた。

「そうね。お大事にね。これはと思う男はそんなに居るものじゃないわよ」

そして久子は続けた。

「それはそうと食事に行かない？　おいしいイタリアンの店、発見したんだ」

二人はそのイタリアンを目指した。それは隣のビルの地下にあった。最近、開店したばかりの小さな店だった。十数人しか入れそうにない。しかし、運よくカウンターに二人分の席が空いていた。

そのイタリアンは小さい店なのに自前の釜を持っていた。

「ピッツァが抜群なの。生地に大豆の粉が練り込んであるのよ」

「じゃ、ピッツァにする」

「ピッツァだけでなく、パスタも頼もうよ。二人でシェアすれば、食べられるわ」

久子がピッツァとパスタの種類を選んで、恭子の同意を求めた。恭子には異存はなかった。

「どんな人なのよ」

煎餅のようなピッツァに噛み付きながら、久子が聞く。知った以上、簡単には引き下がらない女なのである。

「私は亭主子持ちだから、知ったからといって横取りしたりはしないし、既婚先輩だから、多少のアドバイスは出来ると思うわよ」

久子が追求する。

「初めて気になる男性に会ったというだけよ。先行きどうなるかまったくわからない」

恭子は逃げる。

「サラリーマンなの」

「じゃないわ」

「やり手のベンチャービジネスの社長だったりして。それとも老舗の若社長かな」

恭子は久子の質問に笑い出した。

「そんなんじゃないわ。真面目そうなだけ。朴念仁といった方がいいかな」

「じゃあ、公務員だ」

「そう公務員よ」

恭子も兜を脱いだ。脱いだついでに告白してしまった。

「それも防衛省」

「え、自衛隊員なの」

久子が驚く。

「正確には防衛大学校の研究助手。近く、ＭＩＴに留学するらしいの」

「なんだ。兵隊じゃないんだ。エリートね。情報戦略かなんか研究しているんだ。将来の参謀長候補かな」

「将来のことなんて判らないわ」

久子がまじまじと恭子の横顔を見つめた。

「そう、判らない。でも、恭子が惚れ込んだ男だもの。見所がありそうね。ひょっとしたら、格好の議論相手だったりして」

「そう、憂国の志士だから、議論のし甲斐はあるわね」

恭子も同意した。

二人は食事を終えて、外へ出た。歩きながら、久子が続けた。

「見たわけじゃないけど、恭子がそういうなら、骨のあるサムライだと思うわ。グッド・ラック！　良い亭主になってくれそうよ」

恭子も心中、そう願った。そう願いながら、初デートの場所を思案した。公園、ホテル、デパートと候補はいろいろある。そうだ、まずは昼食にいい所を探さなければならない。

そこでふと、恭子の頭に近江牛の名が浮かんだ。そう、それがいい。近江牛のステーキなら、悟も喜ぶだろう。幸い、恭子は近江牛を食べさせる銀座の店なら知っている。恭子はさっそく悟にメールの返事を書こうと思った。

「今津」で

東恭子と蒲生悟は六月の第一土曜日正午、銀座四丁目の角の「和光」の前で落ち合うことにした。近江牛の店が和光の裏手の通りにあって、好都合だったからである。それに和光の店は待ち合わせに絶好の場所で、万一雨に遭っても、店内に逃げ込むことができる。

近江牛の店は「今津」といった。旧制三高のボート部の有名な琵琶湖周航歌に出て来る「今日は今津か長浜か」の今津である。恭子は悟がインターネットで場所を調べると思って、店の名前と電話番号だけを告げておいた。

もちろん、恭子は事務的な連絡だけをしたのではなかった。三日続きの奇遇が楽しかったこと、それに「素敵な人」と待望の銀ブラが出来ることが嬉しいことをメールした。悟は「素敵な人」という表現を素直に喜んだ後で「褒め上手だな。案外手ごわい女性かも」と思ったりした。

悟は恭子の予想通り、正午ぴったりに和光の前に立った。二人は挨拶もそこそこに今津へ入った。今津は小さなビルの地下にあった。小綺麗な店で、近江牛だけでなく、琵琶湖の有名な鮒寿司など近江の郷土料理を食べさせてくれる店だった。

「こんな郷土料理店、よく知っていましたね」

悟は恭子が食通なのを褒めた。

「うちの社はけっこう近江の人が多いんですよ。創業者が近江商人の出ですからね。でも連れて来てもらったのは一度だけ。そんなに詳しいわけではないわ」

恭子は悟に気を使わせまいと謙遜した。

「さて、何を食べようかな。いろいろあって目移りするな。小鮎の天麩羅、スライスした鮒寿司なんかから始めようかな。それに生ビール。恭子さんもそれでいいですか。仕上げの本番は近江牛のステーキと行きましょう」

悟は懐を気にしないで注文することにした。恭子との初めてのデートである。大いに自分に奢りたかった。軍資金は貯金を下ろしてきたので、まず大丈夫のはずだった。

「私もまず生ビールをいただくわ。小鮎の天麩羅もいただきましょう。鮒寿司は敬遠しておきましょう。匂いがするといけないから。代わりに近江の地野菜のサラダをもらうわ。もちろん、最後はステーキよね」

恭子も食欲旺盛なようだった。二人は生ビールのジョッキで乾杯した。

「どう、留学の準備進んでいますか」

恭子が聞く。

「小論文を書いて持って行こうと思い立ったんだけど、肝心の英語で立ち往生していますよ」

悟が告白する。

「ジャパニーズ・イングリッシュでいいんじゃない。どうせ、向こうがうまく直してくれますよ。商社の人の英語も無茶苦茶よ。平気でブロークン・イングリッシュでまくし立てるんだから。それでいて、案外、ちゃんと意は通じているのよね」

恭子が慰める。

「そんなものかな。商用英語だからいいのかも」

「ＩＴ関係だって同じよ。テクニカル・タームを間違っていなければ、お互いの言うことはおおよそ解るんじゃない」

恭子は楽観的だ。彼女は英語に強いんだろう。

二人は注文した物を片っ端から食べた。最後のステーキの番となった。二人とも二百グラムのヒレ肉をミディアム・レアで焼いてもらった。柔らかい肉だった。ナイフがすんなりと入った。

「旨いなあ。実をいうと、僕は近江牛を食べたことがなかったのかも知れない。もちろん、日野に居る時分、牛肉は食べましたよ。でも、こんな旨い肉にはお目にかからなかったからなあ」

悟の正直な感想である。

「近江牛って、ブランドものとして有名よね。松坂牛の向こうを張ってるんじゃない。でも近江で取れた牛肉なら全部近江牛と言っても通用するのかもしれない」

恭子が首を傾げる。

「いや、ブランドものの近江牛と近江産の牛の肉とは質的に違うんじゃない」

悟が反論する。

「今度ちゃんと調べてみるわ」

恭子が宿題にした。

近江牛に満腹した二人は、食後の散歩に出た。行き先は浜離宮だった。二人とも初めての訪問だった。予想外に大きな庭園だった。それに立派な茶屋があった。元はといえば、徳川将軍家の別邸だったという。

特に二人が注目したのは、海水が引き込まれていて、すぐに東京湾に出られることだった。昔は宮内庁が管理していたが、今は東京都が管理しているという。

「そういえば、東京都は今度の東京オリンピックの迎賓館にしようと、大々的な改築を考えているらしいね」

「そうね、私も新聞で読んだわ。いい計画じゃない。このまま放っておく手はないわよ」

「海外からの賓客も喜ぶだろうな。海から真っすぐ上陸できるから、警護もし易いだろう」

「さすが防衛省ね」

「それに水の都だった江戸の都を見直してくれるかも知れない」

「大いに有り得ることだわ」

二人で盛り上がった。

「ところで、悟さんは海軍なの」

「三軍のうちでは海軍が好みです。昔なら海軍兵学校へ行きたかったなあ。第二次大戦中も英語の授業を止めなかったんだから。大した見識ですよ」

浜離宮の散策で、さすがに二人は疲れた。夕食の機会は次に譲ることにして、握手をして別れた。別れ際、恭子が言った。

「今度は割り勘よ」

この日、悟はデートを誘ったのは自分だからと「今津」の勘定を全部自分で持ったのだった。

第3章　留学

送別

「どうだい。準備万端進んでいるか。あと二週間で出発だぞ。ＭＩＴとの手続きは全部済んだ。体一つで行けばいい。論文もまずまずの出来だ」

上司の主任研究員上田孝が蒲生悟のデスクの前に立ってそう言う。

「ありがとうございます。しかし、英語の方は大丈夫でしたか」

「あんなものでいいさ。米国人並の語学力なんて、向こうでも期待していないさ。和製英語で十分だ。ＭＩＴは本質とか論理とかを大事にする学校だ。一方、茶目っ気のある学校で、奇論、珍論もおもしろがってくれるよ」

上田はＭＩＴと隣組のハーバード大学に留学したことがある。ＭＩＴ気質は十分に飲み込んでいるらしい。

「珍論ですか」

「いや君のは堂々たる論文だよ。英語はともかく、サイバー問題の本質を突いている」

「ありがとうございます。こうなったらまな板の鯉です」

「その意気その意気。もっとも、鯉というより小鮒くらいかもしれんがな。いや、失敬。ところで、用件は送別会のことだ。学校食堂ではなんだから、近くの中華料理店にした。会費制だ。十人ぐらい集まりそうだ」

「いろいろ気を使ってもらって、ありがとうございます」

悟は今日はお礼ばかり言っていると自省した。

「そうだ。ガールフレンドとはその後、順調に行っているかね」

上田が奇襲する。そういえば、恭子が大学校を見物に来た時、偶然、上田と出くわしたのだった。

「はあ。順調かどうか。いえ、順調だと思っています」

「けっこうだ。よく学びよく遊ぶ。彼女を大事にすることだ。なかなかの才女と見た」

そう言い残して、上田は席を離れて行った。

「今津」で再会した後、悟と恭子はほぼ二週間おきにデートを重ねた。一回は夜、新橋の居酒屋で飲んだ。悟が行ったことのある九州料理の店だった。その店は女将が知恵者で、全国の高校の同窓会ノートが置いてあった。

「おもしろいわね。私の高校のノートもあるかしら」

恭子が聞く。

「あると思うよ。僕の彦根の高校のノートもあった。同級生が近況を一筆書いていた」

恭子が京都の高校の名を言うと、女将が気軽に探して来てくれた。

「ありましたよ。名門高校ですもの。大勢いらしているわ。これからもご贔屓にね」

そんなこともあって、その夜も二人は大いに盛り上がった。しかし、午後九時には切り上げた。握手だけで別れた。二人ともそれ以上の行為に出ることをためらっていた。

送別会の夜が来た。

家庭中華料理の店「大福」には上司、同僚合わせて十二人が集まった。意外だったのは、室長の前田大五郎が顔を見せたことだった。

「今夜はわれわれ仲間うちだけの送別会の予定でしたが、室長がたって出席したい、会費は二人分払う（「もっと貰え」との声があがった）とのご意向でしたので、止む無く許可いたしました。諸君、ご諒解下さい」

主催者総代の上田がそう断った上で、乾杯の音頭を取った。

「では、さっそく乾杯しよう。われらが友人、蒲生悟君が晴れて留学します。留学先は世界一難関といわれるＭＩＴです。苦労するでしょう。しかし、可愛い子には旅をさせろと言います。この度の遊学によって、悟君が大きく成長し、多くの友人を得て、わが国の安全保障に大きく寄与されることを期待しております。悟君の前途を祝し、かつ室長以下われわれの健闘を祈って、乾杯いたします。ご唱和下さい。乾杯」

一同は乾杯の後、目の前に料理に飛びついた。

悟が腰を上げようとすると、上田が制した。

「お前の挨拶は最後だ。室長ひとこといかがですか」

「そうだな。酔わないうちにひとこと挨拶させてもらおう」

室長の前田大五郎が立ち上がった。名前はやくざっぽいが、優男である。半導体の研究で名を馳せた技術者だ。

「蒲生君、この度はおめでとう。わが室からやっとＭＩＴへ研究者を派遣します。ＭＩＴは私も一時籍を置いたことがあり、防衛大学校からのＭＩＴ派遣は私のかねての念願でありました。蒲生君、体に気をつけながら、たくさんの学友を作って来て下さい。ＭＩＴには世界から人材が集まっています。研究より人脈なんていったら、おかしな顔をする人もいるでしょうが、これからの安全保障には世界の人脈が物を言うようになるでしょう。蒲生君の健闘を祈ります」

拍手が起きた。拍手の間から「案外、いいこと言うじゃない」という声が聞こえた。

後は牛飲馬食の場だった。酒も料理もたんまりあった。

「飲み過ぎだぞ」

「なあに、今夜は飲み放題だそうだぜ」

「じゃあ、もっと飲むか」

悟がお礼の挨拶をする時には、一同、酩酊していた。室長はいつの間にか消えていた。悟は大きな声で一言だけ叫んだ。

「皆さん、ありがとうございました」

上田がそれでいいというように大きくうなずいた。

出発

九月一日午前十一時半、蒲生悟は日本航空の便で成田空港を飛び立った。ボストンへの直行便である。日付変更線の関係もあって、同日午前十時にボストンに到着する。飛行時間は約十二時間半である。

悟は自分の席に座り、安全ベルトを付けて、ほっと一息ついた。海外駐在も留学も機内の人になって、やっと一息つけるという話を聞いてはいたが、その通りだと思った。

後はぐっすり寝て、現地到着を待つばかりである。そうは思ったが、悟はすぐには眠れそうになかった。今別れて来たばかりの東恭子の顔と声が早くも思い出された。

悟は「女々しい奴」と自分を叱ってみたが、これぱかりは何とも仕様がなかった。恭子は仕事を休んで見送りに来てくれた。最後の瞬間、心なしか涙ぐんでいたような気がした。「元気でね」という言葉も涙声だったような気がした。

悟と恭子は出発直前の週末、新橋の九州料理の居酒屋で別れの杯を上げた。その時の恭子は元気そのものだった。

「ボストンって素敵な街のようね。学問の街、美術の街、それに歴史の街なのよね。シーフードも評判だし。ロブスターも食べてみたいわ。私もお兄さんを追いかけて行こうかしら」

「おいでよ。いつでも歓迎する。愛する妹だから部屋に泊めてあげるよ」

悟も応じた。恭子は悟より二つ年下だから、ふざけて「兄」、「妹」と呼び合ってもおかしくなかった。しかし、悟は恭子から「お兄さん」と呼ばれるのは、あまり嬉しくなかった。恋人扱いでないような気がした。

機上の人となって、目をつぶると、恭子が「お兄さん」と呼んだ気持ちが理解できるような気がした。恭子は一人娘である。ずっと寂しかったのだ。だから「お兄さん」と呼んでみたかったのだろう。悟を兄だと思っているわけではないのだ。

飛行は順調だった。悟が機内食と睡眠を満喫しているうちに、飛行機は高度を下げ始めた。いよいよ米国の北東部、ニューイングランドが近づいたようだった。

飛行機はぐんぐん高度を下げて行く。青い海と黄色い大地が見える。大地が黄色く見えるのは、どうやらカエデの紅葉が始まりかけている証拠のようだった。悟はニューイングランドの紅葉の素晴らしさを聞いてきた。人も車も紅色に染まってしまうそうである。

着地が近づいても、悟はあわてなかった。空港に出迎えてくれる人がいることを知らされていたからだ。名前も分かっていた。井上武志という先輩研究員である。

一週間前、ＭＩＴの井上という人物からメールが届いた。彼は悟の留学願書からメールアドレスを知ったらしかった。メールにはこうあった。

「ＭＩＴへようこそ。私は研究員の一人だけど、日本人留学生の面倒を見る係もしている。まずは空港で会いましょう。出迎えに行きます。到着便を知らせてくれ給え」

悟は最初から日本人の世話になるのは感心しないと思ったが、せっかくの申し出である。素直に好意を受けることにした。ボストンのローガン国際空港は島の中にあるらしい。そこからＭＩＴまではトンネルをくぐったり、川を渡ったりしなければならない。迷子にはなりたくなかった。

入国手続きを終えて、手荷物を取り、外へ出たら、ずんぐりした若者が手を挙げて、悟の名前を呼んだ。それが井上武志だった。

「蒲生君だね。井上です。よろしく。車を持って来る。しばらく動かずに待っていてくれたまえ」

握手すると、井上はそそくさと離れて行った。悟は眠気を我慢して空を見上げた。ボストンの空は機上でも確認したように青く澄んでいた。空気の匂いも悪くない。それはこの空港が海に囲まれているせいだろうか。

「待たせたね」

井上が古い型の中古車を転がして来た。ガソリンをがぶ飲みしていた時代の車だ。燃費が悪かろう。

悟とスーツケースを収容すると、クラシックな車は走り出した。

「ようこそ、ＭＩＴへ。まず自己紹介しよう。僕は栃木県は那須出身の山猿だ。筑波大学で数学をやり、通信会社の研究所に入り、二年前、ＭＩＴへやってきた。暗号をやっている。ＭＩＴでは先輩だが、実は君とは同年の二十七歳だ。君のことは留学願書を読ませてもらったから、大体のことは承知している。論文も読ませてもらったよ。なかなかやるじゃないか。宿は用意してある。シングルの空きがなかったので、二人部屋でがまんしてくれ。相手は米国の田舎者だ。実はアジア系が多いので、アジア系にしようかとも思ったが、米国だからまず米語に慣れた方がよかろうと思ってね。なんでも聞いてくれ。たいていのことなら、僕で間に合うはずだ」

井上が一方的にしゃべり続ける。この男、おしゃべりなんだろうか。いや、忙しい男なんだ。案外、親切そうでもある。悟は井上の人柄に信頼がおけそうな気がしてきた。

車は地下トンネルをくぐり、すぐにボストンのダウンタウンに入った。と思うと、川が見えてきた。どうやら、これがチャールズ川らしい。この川を渡れば待望のケンブリッジだ。学問の街である。

車はハーバード・ブリッジを渡った。ＭＩＴへ行くのに、ハーバード橋とはね、と一瞬思ったが、この橋がハーバード大学に続いていることは確かだ。ＭＩＴはというと、橋を渡ったすぐ右手にある。つまりは川沿いに鎮座しているのである。

いいロケーションだなと、悟が思っているうちに、車は寮の前庭に止まった。

「ここだ。おーい、トム。悟が着いたぞ」

窓からぼさぼさの髪をした眼鏡の男が顔を出した。これが部屋をシェアする相手のトム・マクガイヤだった。つっかけで飛び出して来たトムは大きな手で握手するとハグして来た。

「ようこそ、サトル。楽しくやろうぜ」

MIT

「眠いかい。それともまだ日が高いから、キャンパスを見て歩くかい」

井上が聞く。悟は早くキャンパスを知りたかった。案内してくれというと、トムも付き合うという。車を使いながら、キャンパスを一巡した。広い。それに緑が多い。建物も堂々としている。円柱の美しいロジャーズビルディングなど、荘厳な白亜の殿堂そのものだ。

キャンパスは東と西に分かれており、目指すテクノロジー・スクエアは東北の隅にあった。いろいろな工学関係の研究所が入居している。井上が一足先に自分たちのネット・ラボに飛び込み、所長が在席かどうか聞いて来た。

「サトル、ついてるぜ。ラボの所長が会うそうだよ」

「え、こんな格好でいいかなあ」

悟は機内にいたままのラフな格好だ。

「かまわん。服装なんて気にするな」

井上が奥の所長室へ案内した。

「所長、蒲生が着きました」

井上はそう紹介したきり、姿を消した。

悟は一人切りで部屋の奥へ進んだ。大きく雑然とした部屋だった。窓から緑の校庭が目に飛び込んで来た。背の高い紳士が立ち上がった。

「よく来た。私がロバートです。今日から仲間だ。論文は読んだ。合格水準だ。まだ専門誌に発表できる水準ではないけどね。皆で大いに議論したまえ。ＭＩＴは学部同士、また他の大学とも大いに手を組んで勉強する所なんだよ」

ロバート・ウイリアムス所長は世界に知られたネットワーク技術の権威者だが、気さくなおじさんといった感じだった。ゆっくりと分かりやすく話してくれたので、悟にも大意はつかめた。

「はい。勉強します」

悟は簡潔に答えた。後になって、われながらなんだが軍隊調だったな、とおかしくなった。

所長室を出ると、井上とトムが待ち構えていて、大部屋へ連れて行き、在室中の研究生を紹介してくれた。とても一遍に覚えられるものではなかった。悟は明日から順次覚えて行けばいいと腹をくくった。スタッフの中にアジア系と女性が多いのに驚いた。

ＭＩＴことマサチューセッツ工科大学は一八六一年に創立された。米国最古のハーバード大学に遅れることわずか二十一年である。工科大学と称しただけに、理工学部や建築学部に特徴があった。しかし、今では経営学部、人文社会学部、医学部なども持つ総合大学である。

学生数は一万人、教師の数は一千人である。悟には公園のように見えた広大なキャンパスだが、大学としては小ぢんまりしている方らしい。しかし、その質は世界最高である。その証拠にノーベル賞の受章者はハーバード大学の約二倍も居るという。

ハーバード大学のビジネス・スクールは有名だが、ＭＩＴの経営大学院スローン・スクールも負けてはいない。大学全体の総合評価は英国の調査機関のランキングによれば、時としてハーバード、ケンブリッジを抜いて世界一の座を占めるとか。

予備知識は持っていたが、悟は井上やトムから現場でそうした話を聞いて、改めて凄い大学に留学させてもらったと痛感した。同時に、恭子もスローン・スクールに留学できたらいいな、と思った。学生の四五％が女子だというのである。

当然のことながら、世界中から留学生がやってくる。およそ世界百カ国から留学生が押し寄せているという。中でもアジア系が多く、その数は全学生の三割に迫っているとか。悟もその一員になったわけである。

「君ねえ、このケンブリッジ地区は世界最高の学びのテーマパークなんだよ。その中心はわがＭＩＴとハーバード大学だけどね。この近くのルート一二八号の道路沿いは東のシリコンバレーともいわれている。新しい企業がどんどん生まれているんだ」

井上武志の自慢が続く。

「この世界最高の学びのテーマパークの特徴の一つは、学部や大学が相互に連携し合っていることさ。そりゃあ、ハーバードとＭＩＴは良きライバルだよ。しかし、共同研究もたくさんやっているんだ。オープン・マインドで世界に貢献するというわけよ。オープンといえば、ＭＩＴとハーバードは単位の相互交換もやっている。それにＭＩＴは全授業をウェブ上で公開しているからね。オープン・コースウエアというんだ」

つまりは、大学に来なくても授業が受けられるというわけだ。悟は話に聞いてはいたけど、そこまでオープンとはと驚いた。じゃあ、留学するまでもなかったのか。いや、それは違うと、悟は思い直した。それは人だ。上司たちが「人脈を作って来い」といった意味はそこなんだ。

井上のおしゃべりが続く。トムは日本語が判らないなりに、耳を傾けている。時々、英語が入るので、話の見当はつくらしい。

「君も知っているだろう。ホワイト・ハウスはサイバー攻撃を断固として規制することに決めた。サイバー攻撃は新たなテロであり、米国にとっては国家の非常事態だというわけだ。君のサイバー戦争論は時宜を得たテーマだよ」

トムが珍しく口を挟んだ。悟はよく判らなかったが、こんなことを言っているような気がした。

「サトル、いいテーマと取り組んでいるな。これからは人工知能のラボにも顔を出した方がいいよ。それにホワイト・ハウスにも行って来い。友達がいるから紹介するぜ」

なんともわくわくする話だ。戦争を無くすためにはテロを根絶しなければならない。それにはサイバー攻撃を封止しなければならない。悟は眠気が覚めて、気分が高揚するのを感じた。

生活

トムとの共同生活が始まった。悟は防衛大学校で寮生活をしてきた。二人暮らしなんて苦にならない。それに付き合えば付き合うほど、トムはいい奴だった。

トムの良いところは気さくで自由なところだった。同時に、規則正しくて、猛勉強を常とするところだった。悟も見習うことにした。二人は気の合う寮友になった。井上の選択は正しかったのだ。

二人は原則として朝食を一緒に取ることにした。準備当番は交代制である。相手の都合次第では、当番を変更する。朝食といっても、パンとハムエッグ、それにコーヒーがあればいい。贅沢はしない。

二人とも毎日、ラボに出勤する。所長の講義を聞いたり、グループ討議に参加したり、企業などからの注文に応じたりする。当てられた課題の論文をまとめるため、いわゆるテーマパークを駆けずり回ったり、図書館に閉じこもったりする。

毎日忙しい。読まなければならない本も多い。いつも解答を考えている。時間はどんどん過ぎて行く。就寝するのは午前一時くらいになる。それでも朝食は午前七時を厳守することにした。最低、五時間は眠るようにした。

トムはＡＩ（人工知能）時代のネットワークの有り様を研究している。一緒に過ごす時間は案外少ない。それだけに、朝食を食べながらの情報交換が貴重だ。トムに教わることが多い。

あまり根をつめると、不健康になる。運動の時間が必要だ。それに専門以外のことに目を開いておく必要がある。そこから意外なアイデアも生まれてくる。

そこで悟は、時間を作って、チャールズ川の河畔を散策することにした。そのために自転車を手に入れた。同時に、ボストン発見の散歩に努めることにした。ボストンは情報の宝庫である。

　ボストンは米国独立戦争の発祥の地である。悟は車をレンタルして郊外まで足をのばした。古戦場ともいえるコンコードへ行って、独立戦争の兵士、ミニットマンの銅像を見たり、『若草物語』の作家オルコットが住んでいたオーチャードハウスを見物したりした。

『若草物語』は映画でも観た。作家志望の勝ち気な娘の一家の物語である。教師の父親は独立戦争に駆り出されている。父親の安否を心配する娘たち。そこには古き米国の希望と勇気の風景があった。恭子も観たに違いない。悟には恭子がオルコットのような気概のある娘のような気がした。

　帰路、米国三十五代の大統領ジョン・F・ケネディの生家を訪ねた。富豪だったにしては、簡素な家だった。悟は彼が戦後の米国を代表する大統領だったと思う。彼は太平洋戦争の勇士だった。キューバ危機の時の断固たる決断、国には尽くすものだと、米国民に訴えた演説。ボストンが生んだ英雄といってもいい。

ケネディは駆逐艦の乗員だった。だからというわけではないが、悟は別の日、埠頭に停泊して公開されている駆逐艦カシン・ヤング号を観に行った。太平洋戦争の時、神風特攻隊にさんざん攻撃されながら、生き残ったという軍艦である。

悟は最初、見学をためらった。神風特攻隊の奇襲の後を今更ながら見てどうするのだと思ったのである。しかし、見学してよかった。太平洋戦争は今や遠い昔の話である。二度と日米戦争をしないためにも、カシン・ヤング号は係留され続けていたのである。

悟は史跡訪問の一方では、芸術、スポーツにも親しんだ。それはボストン美術館とボストン交響楽団、それにフェンウェイパークだった。プロ野球ボストン・レッド・ソックスの本拠地である。

ボストン美術館には何回か足を運んだ。収蔵されている日本美術品の多さに圧倒された。日本以外での最大の日本美術館にちがいなかった。貢献した岡倉天心を記念する日本庭園もあった。

五万点ともいわれる浮世絵、妖刀「村正」に代表される日本刀の数々。美術品として日本刀を世界に知らしめている美術館だと思った。悟はまだニューヨークのメトロポリタン美術館は観ていないが、日本ももっと世界に誇れる美術館をもつべきだと痛感した。

ボストン交響楽団は井上武志に連れられて行った。世界に名を馳せた交響楽団で、小沢征爾が指揮者だったことが信じられない思いだった。ドボルザークの「新世界から」を聴いた。新天地米国への思いが伝わってきた。

ボストン・レッド・ソックスの観戦には、トムと行った。トムは熱狂的なレッド・ソックスのファンだった。トムは先頃まで活躍していた日本人投手の松坂大輔のファンでもあった。彼は「松坂が日本へ帰ってしまったのは残念だ」と言った。

野球は米国の国歌斉唱から始まった。毎回そうなのだという。日本では国歌の斉唱は大相撲の優勝者の表彰式の時ぐらいなものだ。「君が代」は大相撲の歌だと思っている子供もいる。「君が代」を歌うことを拒否している教師もいるから無理もない。

米国では小学校でも朝、必ず国歌を斉唱するという。米国人は多民族だが、それだけに歴史の浅い米国の健在を願っているのだろう。だから、米国の青年は他国の戦争にも出掛けて行くのである。ひるがえって日本はどうか。悟は首を振った。

美術館も交響楽団も野球場も日本に比べて入場料が安い。それに音楽会も野球もチケットが入手し易い。米国は楽しみ易い国である。それに生活がし易い。食料品が安い。お金が百ドルまとまると、日本では考えられないほどの購買力を発揮する。

悟は米国は貧富の差が大きいし、人種差別も根強いというが、それだけに社会の亀裂が深まらないように、いろいろな手立てを工夫している国だと思った。そうでなければ、人種の坩堝といわれる米国は「アメリカン・ドリーム」を失ってしまう。そうなれば、第二、第三の南北戦争が起きるだろう。

悟は米国の強さを理解し始めた。同時に、日本も捨てたものではないと思った。岡倉天心、小沢征爾、松坂大輔がいた。それに悟が属するネット・ラボの先輩研究所として著名なメディア・ラボの所長も近年は日本人である。

悟はこれらの見聞を最低週に一度は恭子にメールした。悟のボストン週報ともいうべきものだった。

週報で忘れてならないのがボストンのシーフードだった。ロブスター、クラムチャウダー、生牡蛎。悟は井上、トムの案内で食べまくった。ボストンは海産物、とりわけロブスターを楽しむ所だった。

勉学

東恭子は悟のボストン週報を愛読した。悟の成長ぶりが生き生きと伝わってきた。楽しかった。そして羨ましくなった。最後には妬ましくなった。恭子は思いたくはなかったが、否応無しに「木綿のハンカチーフ」というひと頃流行った太田裕美の歌を思い出した。

上京した恋人が都会の風潮に染まり、ついに故郷へ帰らなくなってしまう。失恋した女性は、恋人に最後の願いを言う。「涙を拭く木綿のハンカチを送って下さい」と。

悟の週報は、ＭＩＴの学生の四五％は女性だと伝えている。ネット・ラボも半分くらいは女性研究者かもしれない。米国の女性は積極的だという。生活力もあるという。

だとすると、朴念仁とはいえ悟が、彼女たちの魅力の虜になってしまわないとは限らない。この世の全ては変化するのだ。変化しないものなんてありはしない。

ではどうする。「木綿のハンカチーフ」の唄のように、切々と変わらないでと訴え続けるのか。それは恭子の誇りが許さない。まだキスさえ許したことはないのだ。

そうだ、私もボストンへ行こう。ボストンは米国の京都みたいな古都らしい。私の好みにぴったりだわ。それに経営学ではスローン・スクールという著名なビジネス・スクールがあるらしい。

ハーバードもいいけど、どうせ行くなら、やはり悟と同じキャンパスがいい。ＭＩＴのスローン・スクールへ留学しよう。難関だろうが、私だって京大で数学をやったのだ。挑戦してみよう。

会社には事情を言って、休職扱いにしてもらおう。肝心の学資はどうするか。私の蓄えでは心細い。不足分は母に出してもらおう。母は理解があるし、一人娘の留学を応援してくれるだろう。

学資が不足したら、その時はその時だ。奨学金を貰うか、アルバイトをすればいい。悟と同居して、生活費を安く上げるという方法だってある。

恭子は悟との同棲を考えて、一人で顔を赤くした。でも、その覚悟はもうできている。悟と離れているうちに、悟への思いがますます募ってきた。これが恋心というものかしら。

とにかく、まず第一歩として、上司に留学の希望を出してみよう。案外、OKが出るかも知れない。商社マンは一度や二度は海外を経験するものだと決まっている。多かれ少なかれ、留学か駐在が待っているんだ。

そうだ。上司に言うまえに辻久子に相談してみよう。彼女なら的確な助言をしてくれるに違いない。

善は急げだ。もう年末だった。忙しい最中だったが、恭子はやや強引に久子を昼食に誘った。今や行きつけになったピッツァの旨いイタリア料理店だった。

「珍しいわね。貴方から昼食に誘うなんて。何かあった？　へましたんじゃないでしょうね」

久子が勘ぐる。

「そんな。へまなんてしないわよ。腕利き恭子で通っているんですからね」

「じゃ、恋の悩み。あのサムライに振られたの。今はボストンなんでしょう。喧嘩することもないか」

「悟のことじゃないわ。私ね、留学しようかと思うの。会社に希望を出したいんだけど、どうかしらね」

久子がピッツァを置いて恭子をじっと見た。

「やっぱり、サムライ君のことじゃない。ボストンへ追いかけて行こうというんでしょ。顔に書いてあるわ」

恭子が首を振る。

「違うわ。悟に会いに行くんじゃなくて、勉強に行くのよ。ＭＩＴのスローン・スクールで経営学を勉強してくるわ」

「やっぱり、ＭＩＴじゃない。私に嘘ついちゃだめ。正直になりなさい。勉強が第一の目的にしても、悟君に会うのも大事な目的なんだよね。悟君に会いたいと言いなさい」

久子には適わない。

「ま、そういうこと。力になってくれない。お願い」

恭子は下手に出た。

「よろしい。そうこなくっちゃあ。年内は皆忙しいから、年明けだね、希望を出すのは。留学希望とその理由を書いて、年明け早々、室長に提出するのよ。室長は握り潰したりはしないわ。きちんと話を聞いてくれるはずよ。なにしろ、恭子ファンだからね。心配なのは、恭子を手放したくないと、返事をしぶることだなあ」

「わかったわ。室長がはかばかしい返事をしてくれない時は、もうスローン・スクールへ留学手続きを開始しているところだというわ。それを止めてくれとは、室長は言わないでしょう」

「そうね。可愛い部下が留学してまで経営学の勉強をしようとしているんだもの。邪魔するはずはずはないわ。考え込むとしたら、社命で留学させられないかということよ。わが社にはスローン・スクールの卒業生はまだ少数だからね。確か、女性は一人もいないはずだわ」

年が明けて、正月の挨拶行事が一巡した十日、東恭子は経営開発室長の前に立った。

室長は大山巌《いわお》といった。日露戦争の大将軍と同じ名前である。生まれも同じ鹿児島である。巌という名前とは違って、細面のモダンな初老紳士である。ハーバードのビジネス・スクールに留学したことがある。鉄鋼畑だ。重役候補の筆頭だ。

恭子は神妙な顔で、留学願いの一文を差し出した。

「なんだね。なになに、留学願いか。スローン・スクールとはね。考えたね。いい大学院だよ。君にふさわしいかも知れない。でも、少し返事を待ってくれないかなあ。私も考えていることがある。いや、そう長くは待たせないよ」

室長は朗らかな声でそう約束した。

異動

一月末、恭子は室長に呼び出された。いよいよ留学願いにＯＫが出たのか。

恭子は胸が躍った。

「やあ、入り給え。君の宿題に答えを出した。まだ本決まりではないが、準備もあるだろうから、早めに内示しておくよ」

大山巌はご機嫌だった。恭子は成功だと確信した。

「三月の人事異動が内定した。恭子君にはニューヨークへ赴任してもらう。米国現地法人の広報担当者に欠員が出た。それを埋める最適の人材は恭子君だということになった。君は経営開発室で三年過ごし、広報の重要性は十分に理解した。今度は米国で広報の実践を体験し、新たな手法を学んでもらいたい。同時に米国の広報関係者と人脈を作ってもらいたい」

大山の回答は海外赴任だった。

「失礼ですが室長、ニューヨークへの転勤では、私の留学希望に答えていただいたことにはなりません」

恭子は抗議した。

「そう言うと思っていたよ。しかし、これが君にとっても、会社にとっても最適の回答なんだ。いいかい、会社は今、人材が払底している。優秀な君に二、三年も遊学してもらう余裕はない。若い内に国際的な広報担当者としての実績を積んで欲しいんだ。君にとっても絶好の勉強の機会だ。それに君の希望するスローン・スクールにも通うことができる」

大山は自信満々だった。

「どうしてスローン・スクールへ通うことができるんですか」

恭子は追求した。

「君も知っているはずだ。スローン・スクールには短期留学の制度がある。優秀なビジネスマンは皆忙しい。会社も長く休まれては困る。そこで多くの優秀なビジネスマンは短期の留学を選び、場合によっては、それを繰り返して勉強する。君にもそうして欲しいんだ。ニューヨークとボストンは飛行機で一時間の距離だ。しかも、一時間ごとにシャトル便が飛んでいる。仕事と勉強が両立できるんだよ。その方がまた相乗効果が期待できる。君なら十分、二役がこなせるはずだ。もちろん、スクールの費用は一切会社が持つ」

恭子は暫時思案した。なるほど、室長らしい回答の出し方だ。

「わかりました。室長のご配慮、納得いたしました。いい回答をいただいたと思います。ご期待に応えたいと思います」

大山巌は大きくうなずいた

「わかってくれますね。さすがに反応が早い。私も思案した甲斐があった。ただ、今一つ問題が残っているのじゃないかな。君の母君がどう反応されるかだよ。母一人娘一人なんだろう。ニューヨークへの赴任は諒解していただけるだろうか」

こんどは恭子が大きくうなずく番だった。

「母はもう諒解しています。というのも、正月休みに米国留学の希望を出したことを伝えて、賛成を得ているからです。米国で勤務と勉学の双方に精を出すことが出来るようにというご配慮には、母も感謝することでしょう」

「それはよかった。これで決まりだ。ただし、しばらくは内緒だよ。一、二週間もすれば発表されるはずだ。そうなったら、手続きその他、庶務と相談してくれ給え」

室長が念を押した。話は終わった。

恭子は自分の席に戻ると、辻久子に目配せした。頷くと同時に唇に指を立てた。久子も頷いた。

昼休みに、恭子はまた久子を昼食に誘った。昼食を食べながら、周りに聞こえないようにしながら、室長の回答を伝えた。

「元帥もやるじゃない」

久子がそう言って喜んだ。「元帥」は二人だけに解る大山巌のニックネームだった。

自分の席に戻り、一人になって、恭子はなるべく早く母に報告しなければならないと考えた。正月休みでの母娘の会話が思い出された。

恭子の母、東冴子は東山三条の白川沿いにマンションを持っている。お店の「よし田」から歩いて十五分、地下鉄で一駅である。恭子は年末から正月にかけて、そのマンションで母娘二人の時間を楽しんだ。

マンションから歩いて五分の所に平安神宮がある。例年、初詣はそこに決めている。そして帰りには和菓子の老舗平安堂で評判の葛入りぜんざいを食べる。今年もそうだった。

「ずいぶん熱心に拝んでいたわね。何か特別の願い事があったの」

母が娘に聞く。

「あったわ」

「何よ。教えて」

恭子は白状するいい機会だと思った。

「お母さん、驚かないでね。実は米国に留学しようと思っているの。もう会社に願書を出したわ。黙っていてごめんなさい」

「そう。会社は辞めるの」

「いや、二、三年休職させてもらうつもり」

「わかったわ。ボストンの悟さんの所へ行くつもりなのね」

さすがに母の冴子は察しがよかった。

「ただ、お母さんに寂しい思いをさせるのがつらくて、言い出せなかったの」

「私のことは心配しないで。電話もメールもあるし、飛行機なら一っ飛びだものね。そうか、やはり悟さんの所へ行くのか。そう、それがいいわ。人生は一度切り。愛する男性が出来たなら、ふところに飛び込むことよ。迷ってはだめ。私もお父さんと結婚する時は、まだ若いと皆が反対するのを振り切って、大学を中退してまでお父さんの所へ飛び込んだのよ」

「へえ、そうだったの」

恭子は初めて聞く話だった。

「ところで、学資はあるの」

「それが心配」

「それは心配しないで。いざとなれば、お母さんが何とかするわ。それくらいの工面は出来るのよ」

さすがは「よし田」の女将だった。恭子はいまさらながら、母の覚悟と度胸の良さに頭が下がった。

発表

大山室長の内示から十日後、正式に春の人事異動が内示された。東恭子のニューヨーク赴任はたちまち社内の話題となった。恭子の机の周りに同僚たちが集まってきた。

「よかったわね。栄転だわ」

「羨ましい。ニューヨークだなんて」

これらは祝辞である。腹の内はともかくとして。

「英語は大丈夫か」

「ニューヨークは怖いぞ」

これらは忠告である。やっかみ半分だ。

恭子はこれらの祝辞、忠告を素直に受け止めた。そして決して浮かれまいと心に決めた。

辻久子は皆の後からやって来てこう言った。

「準備大変ね。手伝うことがあったら、遠慮なく言ってちょうだい。緊張して体こわさないようにね」

久子はやはり親友だった。

悟に知らせたので、早速ボストンからメールが入った。

「大朗報だ。大歓迎する。僕もニューヨークへ行く。君もボストンへ来てくれ給え」

簡単な文面だが、悟の喜びが伝わって来た。いつもの癖で照れているのである。本当はもっと長い文面で、喜びを表現したかったはずだ。恭子には判った。

翌日、室次長の一人、長谷部一太郎が庶務の担当者を連れて、恭子の机へやって来た。長谷部は早稲田大学でフランス文学をやったという軟派で、欧州の駐在が長かった。

「東君、おめでとう。庶務の山田さんだ。渡航の準備その他、分からないことは彼女に聞いてくれ。彼女は海外赴任関係の事務のベテランなんだ」

「東恭子です。万事よろしくお願いいたします」

「山田富子です。何でもおっしゃって下さいね。私の専管事項ですから」

富子は商業高校卒で、いわゆるノンキャリだが、社歴は二十年を越しており、庶務の腕利きで知られていた。

「それはそうと、送別会をやらねばならんな。何か希望があるかい。あまり盛大なことはできないが。女性組の幹事を辻君にでも頼んでおこうか。君と親しいようだから」

「よろしくお願いします」

長谷部も隅におけない。恭子と久子が仲良しなのをとっくに承知しているという口ぶりだった。

経営開発部の今春の異動対象者は五人だった、室員は全部で二十五人である。結局、室としては一緒に一回の送別会をやることになった。個別に有志でやるのは、もちろん自由勝手だ。

室としての送別会は三月上旬の夜、安くて旨いという定評のある近所の中華料理店で開かれた。二十人近くが出席した。会費制だったが、室としての日頃の蓄えも拠出された。参会者は大いに飲みかつ食べた。多少騒がしかったが、和気藹々、席は盛り上がった。

恭子は冒頭の大山巖の送別の辞が印象に残った。大山室長はこう語った。

「今回栄転される諸君とお別れするのは寂しい。しかし、別離だけが人生だという言葉もあります。私も芭蕉ではないが、人生は別れの旅だと思っております。可愛い子には旅をさせろと言います。旅こそが人生であり、旅こそが人を育て、実り豊かな人生を育んでくれるという意味でありましょう。部署が変わる人も、海外に赴任する人も、いずれも旅立ちであります。では異動しない諸君はどうなのか。異動しない人もまた、毎日、家から宿から会社へ、旅をしてくるのであります。毎日、この世は変化しています。同じ日はありません。変化に日々対応しなければならない旅人なのであります。旅人諸君、大いに働き、大いに楽しみ、世のため人のため、人生を切り開いて行こうではありませんか」

盛大な拍手が起きた。「さすが元帥」と久子がつぶやくのが聞こえた。

春分の日、恭子は京都へ帰った。母と二人きりの一夜を明かして翌日、東山の山裾にある禅寺の父の墓へ詣でた。

京都はまだ寒かったが、春の兆しが現れ、柳の木が青く芽吹いていた。二人は静かに父の霊に祈った。

「おとうさん、恭子が米国へ旅立つのよ。無事を祈って下さいね」

母の冴子が亡き夫に、まるでそこに生きているかのように、語りかけた。恭子は思わず涙ぐんだ。母を独り切りにしてしまうのである。親不孝かしらと一瞬、気がとがめた。

「お母さん、ごめんなさい。独り切りにしてしまって」

恭子は声に出して詫びた。

「何を言うの、お父さんもきっと喜んでいらっしゃるわ。日々これ新たなりをモットーにして、医術を磨き、患者さんの全快を期しておられたのよ。恭子の米国赴任を喜んでおられるわ」

そういうと冴子は、バッグの中から小さな箱とノートを取り出して恭子に渡した。

「この箱は、恭子が欲しがっていたペンダント。持って行って。それからこれは預金通帳。貴方の名前で貯めておいたの。ハンコもあるわ。好きに使いなさい」

恭子は驚いた。今度は本当に涙が出た。珊瑚のペンダントの中には写真が入っているのだった。それは七五三の日に、恭子を中に父、母との三人の写真が入っているのだった。かねて恭子が欲しがっていたものである。

赴任

　四月一日午前、恭子はニューヨークに到着した。ケネディ国際空港からタクシーでマンハッタンへ向かう、ロングアイランド・エキスプレス・ウェイの上から、朝日を受けた摩天楼を望見した。

　摩天楼はあらゆる機能を満載した不沈の軍艦のように見えた。これが世界を動かしている軍艦なんだ。恭子はそう思って身震いした。今日からこの不沈艦に乗り込むのである。

　タクシーはほどなくミッドタウン・トンネルを潜った。もう米国本社のあるパーク街は近い。そう思っているうちに、本社ビルの前に着いた。受付で名前を言うと、すぐ係が降りて来るという。

「いらっしゃい。私がキティです。早かったですね」

　恭子はタクシーの中からキティ・スミスに電話しておいた。彼女が助手兼秘書だと知らされていたからである。キティは小太りの中年婦人だった。社歴は古くベテランだそうだ。

二人はスーツケースと一緒に四十階まで昇った。エレベーターも速い。キティがいうには、四十階の一方の奥に社長室があり、反対側の隅に広報部があるのだそうだ。

広報センターはいくつかの個室に仕切られており、その一つが恭子の部屋だった。部屋といっても、二メートルほどのガラスの壁で仕切られているだけである。その中に、恭子とキティの机があった。

キティはすぐに恭子を部長室へ案内した。部長は山内悟郎という白髪の紳士だった。白髪といっても年は若そうだ。エネルギーを持て余しているように見える。

「やあ、いらっしゃい。待っていたよ。山内です。よろしくね。さっそくだが、社長に会ってもらおう。実は正午から月例のプレス会見があるんだ。いい機会だから、君に顔を出してもらう」

社長室へ行った。東京の本社では副社長だ。名前は熊谷啓太という。次期社長候補の一人だ。

「東恭子君だね。熊谷です。いろいろお世話をかけるよ。よろしく。評判の君が赴任して来ると聞いて楽しみにしていたんだ」

「こちらこそお世話になります。よろしくご指導下さい」

恭子はそう言いながら、熊谷は私について、どんな評判を耳にしているのだろうと訝った。

「最初に断っておくが、最初の一年間は、広報の実務に専念してもらうよ。もちろん、その準備は一年目からやってもらって結構だけどね」

二年目からスローン・スクールの短期に通ってくれ給え。

熊谷のいう評判とはこのことだったのだ、と恭子は気づいた。同時に、熊谷は部長の前でスローン・スクールのことは了承済みだと、確認してみせたのだと知った。気配りのいい人だ。

同じ階に二、三十人入れる会見室があった。集まっているのはメディアの記者たちである。正午とあって、サンドウィッチとコーヒーが配られていた。もう食べている。熊谷もサンドウィッチに手を出した。部長と恭子も習った。

十分ほど経って、熊谷が口を開いた。まだコーヒーを飲んでいる。飲食しながらの会見らしい。

「さてと、本日のニュースはまず、東京からチャーミングな女性の広報担当者が赴任して来たことです。名前は東恭子。確か二十五歳だね。独身です。なに、資料が配られているって。それはけっこうだ。皆さん可愛がって下さいよ」

記者の一人が手を上げた。

「ぶしつけな質問で恐縮だが、ミス・キョウコは英語の方はどうなんです。数学は出来るらしいが」

山内が答えた。

「大丈夫です。ネイティヴ並みとはいきませんが、私よりも達者なことは確かです」

記者が反応した。

「それはすばらしい。美人で数学も英語も出来るとはね。そのうち、われわれのスラングも理解してくれることを期待しているよ」

皆が笑った。歓迎の意である。

山内に合図されて、恭子も立ち上がって挨拶した。

「東恭子です。よろしくお願いいたします。部長はそう言いましたけど、米国は初めてですし、英語もジャパニーズ・イングリッシュです。ご迷惑をかけると思いますが、よろしくご指導下さい」

「ベリー・グッド」

記者団の中から笑いが上がった。後を熊谷が引き取った。

「今日の定例会見が、彼女の紹介だけでは、皆さんご不満でしょうから、当社が最近考えているエネルギー戦略の一端をご披露しましょう。こういうと、皆さんすぐ推察されるでしょうが、もちろん、米国のシェール・ガスに対する投資戦略です。これは実は原油相場との兼ね合いが大変難しい。原油価格が下がり続けるようだと、大きな損を覚悟しなければなりません。原油相場がどうなるか、こちらが皆さんのご意見を聞きたいところですね」

熊谷は記者団と情報交換をするつもりらしい。恭子は熊谷の敏腕な商社マンぶりを覗いたような気がした。

記者会見は三十分ほどで終わった。部屋へ戻ると、キティが手ぐすね引いて待っていた。

「疲れたでしょう。今日は早めに引き揚げた方がいいでしょう。明日からは、ぎっしりスケジュールが待っていますからね。そうそう、部長から聞きましたか、貴方の担当分野。聞いていない。なんてこった。担当は前任者と同じ新聞、雑誌です。猛者が控えていますよ。でも、勉強にもなります」

引き続いてキティが告げた。

「恭子の住まいは用意してあります。社の近くのマンションの一室です。いい所です。家賃も高いです。でも、会社の所有物ですから、補助が出ます。貴方は東京で払っていた分の家賃を負担すればいいのです。月給から天引きされます。全て手配しておきました。よろしいですね」

よろしいもなにも、恭子は一刻も早くベッドに身を投げ出したかった。

第5章　二世

先輩

翌朝、恭子は六時に目が覚めた。かれこれ九時間寝たことになった。もう時差も吹っ飛んだようだった。われながら若さを誇りたくなった。

さて、何をするか。そう思ったら、到着早々忙しくて、まだ悟に連絡していないことに気が付いた。これはまずい。悟は心配しているだろう。

悟を起こしてもいい。電話しよう。メールでもいいが、声を聞きたい。悟も多分、それを期待しているだろう。恭子は顔も洗わないでスマホを握った。

「もしもし。悟さん。恭子です。起こしちゃったかしら」

「いや、もうとっくに起きている。ようこそアメリカへ。これからジョギングに行くところなんだ。トムも一緒だ。君はまだ眠いだろう。無理しないでくれよ」

「だいじょうぶ。良くやすんだわ。こっちの会社も朝型らしいのよ。早朝出勤歓迎ですって。朝食は会社で取るという人も多いそうよ」

「僕も知っての通り朝型だ。今、トムが電話に出たがっている。いいかい」

トムの声がして来た。割りとかん高い声だ。

「やあ、キョウコ、ウエルカム。トムです。悟が一日も早く会いたがっているよ。ボストンにもお出でよ。大歓迎するから」

「ありがとう。恭子です。よろしくね。必ず行くわ。悟のことよろしくね」

「オーケー、オーケー」

悟が代わった。

「二週間後にはニューヨークへ行く。楽しみにしている」

「どんな目的なの？　やはりサイバーテロの問題？　取材対象になりそうな人を探しておきましょうか」

「いや、いい。領事館と国連代表部を兼務している防衛省の先輩がいるんだ。まずその先輩に会う。その先輩が会うべき人をリストアップしておいてくれるらしいんだ」

恭子はなるほどそういうことかと納得した。納得したが、自分も何か役に立ちたいと思った。新聞社の特派員にでも尋ねてみることにしよう。

二週間後、悟がニューヨークへやって来た。ラガーディア空港で会った。悟は日に焼けて、いくらか痩せていた。日本にいた時よりも精悍に見えた。しかし、笑顔は相変わらず優しかった。恭子は「この人が私の恋人なの」と誰かに告げたくなった。

車でまず領事館へ行った。防衛省から赴任して来ている参事官が待っていてくれた。名前は山崎進といった。悟より五年ほど先輩で一佐だった。

山崎は恭子を通訳かと思ったようだった。恭子は名刺を出した。

「おう、貴方が東さんか。もう評判ですよ。美人の才女が商社の広報部に赴任して来たとね」

「お恥ずかしい。新人です。よろしくお願いいたします」

恭子の挨拶に続いて、悟が思い切ったのかこう告げた。

「実は、私のフィアンセなんです。よろしくお願いします。赴任したばかりなので、ご挨拶に連れてきたんですが、席を外させましょうか」

山崎は笑って手を横に振った。

「そんな、失礼なことをしちゃあいけないよ。同じ日本人だ。情報を共有した方がいい。それにこんな才媛が話を聞いてくれると思うと、話し甲斐がある」

そう言うと、山崎は早速、国連のサイバーテロ対策の実情を話しだした。

「だいたい、新聞に出ていることばかりなんだ。正直言って、国連もお手上げなんだ。米国は腰が引けているし、中国、ロシアは別の思惑で動いているんだからね。一枚岩じゃない。ただ、放っておいちゃいけないということだけでは、一致している。それからもう技術の問題ではなく、政治経済の問題であるという認識も一致し始めている」

山崎が時計を見た。

「もう十一時半か。後は国連で消息通を紹介することにしよう。その前に国連のキャフェテリアで昼食を取りましょうや。どんな民族の人でも好みのメニューを選べるようになっているんです。東さんもどうぞ。あ、それから今夜はわが家に来て下さい。家内が来客好きでね。楽しみにしているんですよ。民間企業の識者も招いておきます。ですから東さんも是非。家内も子供も喜びます」

恭子はそろそろ遠慮しようと思った。

「ご一緒したいんですが、社の方で用事がありますので、私は失礼いたしますわ」

「そうだね。しかし、夜はお邪魔したら。折角のお招きだから」

悟がそう言うと恭子もフィアンセらしく応じた。

「よろしいんですか。それでは喜んでお招きにあずかります」

「どうぞどうぞ。お招きするといっても大した御馳走はないんですから」

山崎が笑った。なかなか愛嬌のある笑いである。

山崎家の夕食にはN電気のシステム技術者の大木正も招かれていた。N電気は認識技術で画期的な商品を作り出していた。凄いスピードで大量の人物の顔を認識するシステムである。もうかなりの輸出実績を上げている。

大木は新製品の説明をした上でこう締めくくった。

「大量高速認識といっても、肝心のデータが正しくなければ、話になりません。テロリストたちは変装も得意ですからね」

国連本部に近いマンションの山崎家の夕食会は盛り上がった。山崎夫人は料理上手だった。ロブスターも生牡蛎も出た。取って置きの日本酒も出た。デザートは恭子がケーキを持参した。山崎家の二人の子供たちはケーキに目がなかった。

悟はこんな家庭を持てればいいなと、先輩を羨んだ。恭子は母に手料理を習う必要があると痛感した。同時に母にここしばらく電話していないことを思い出していた。

この夜、悟は恭子の部屋に泊まった。酔いも手伝って、悟は恭子を抱いた。といっても、キスまでだった。自制が働いた。悟はソファに寝た。それでも快適だった。

広報

悟がボストンに戻って二週間ほど経った頃、部長の山内悟郎が恭子の部屋へやって来た。

「君が赴任して来てから、もう一カ月経ったね。大体のことは飲み込めたろう。それにそろそろ日本食も懐かしくなってきたろう。忙しくて君とゆっくり話もしていなかったが、急で申し訳ないが今日、昼食を付き合ってくれないか」

恭子がキティの顔を見たら、彼女はＯＫのサインだった。別の約束はないらしい。

「けっこうです。お供します」

山内が連れて行ったのは、隣のレキシントン街の寿司屋だった。かねて評判は聞いていたが、高そうなので恭子は敬遠していた。

隅の予約済みテーブルで、山内と向かい合った。

「もう上寿司の握りを頼んでおいた。いきなり、こんな話で面食らうだろうが、君にはフィアンセがいるんだって」

恭子は正直面食らった。

「ええ、それがなにか」

「いや、事実を確かめたかっただけさ。いるならいるで、結構なんだよ。虫が付く心配をしなくていいからな。記者連中も君の尻を追い回したりしないだろうから。そんなことより、私の心配は、君がすぐにも結婚して社を辞めたりしないかということなんだ」

「まあ。結婚したとしても、辞める気持ちは毛頭ありません。それにしても、どうしてフィアンセのことが判ったんですか」

「ニューヨークの日本人社会は案外狭いんだ。話の出所は領事館らしいがね。君がフィアンセと一緒に参事官を訪ねたらしいじゃないか。いや、山崎君は善意で仲間に話したらしいんだ。自分の後輩でＭＩＴのネット・ラボの研究員になっている若者が素敵なフィアンセを連れて来たと言ってね。優秀な男らしいな」

「日本でひょんなことから知り合ったのです。蒲生悟といいます。防衛省の技術者です。私より二つ年上です。先頃、調べものがあって、国連を訪ねて来たんです。部長に紹介いたしませんで、失礼いたしました」

「いや、いいんだよ。私としては着任早々の優秀な部下を失いたくないと思ってね。結婚してくれて結構。子供作ってくれて結構。日本の人口は減る一方だからね。君なら職場と家庭を立派に両立させられる。広報のこと、頼むからね」

山内が寿司を勧めた。恭子は安心して食べた。日本にもないような旨い寿司だった。

「お代わりしてくれていいんだよ。広報の仕事の感想はどうかね。食べながら雑談しようや」

山内もしきりに寿司をつまんだ。

「おもしろいです。勉強になります。生意気なことを言うようですが、会社のこと、経済のこと、消費者のこと、全て生きた勉強をさせてもらっていると、日々感謝しています。ありがたいです」

「いいことを言ってくれるね。その謙虚な勉強心が大事なんだよ。広報の基本は勉強と誠心誠意さ。癖のある記者、意地悪な記者、いろいろいるけどね、要はオープンに公正に対応することさ。それが判れば、報道陣も意地悪はしないよ。彼らだって世の中を良くしたいという正義感、使命感を持っているんだからね。むしろ、厄介なのは消費者という大衆さ。今日は大衆社会だ。大衆の方が威張っている。傲慢でもある。その証拠に、政治家もマスコミも大衆に迎合している」

「会社もそうでしょうか」

「いや、会社は是々非々さ。ただし昨今は、問題が起きたらすぐに経営トップがごめんなさいとお辞儀をして謝る。あれはどうかね。謝るだけなら猿でもできるんだ。もちろん、問題が起きたら、隠蔽せずに、直ちに原因を分析し、対策を立てることが大事だ。このことを忘れないでいてくれ給え」

恭子は部長が昼食に誘ってくれたのは、広報の基本を話すためだったのだと気がついた。

一ヵ月経って、恭子は主な新聞、雑誌の会社出入りの記者の顔はだいたい覚えた。一通り挨拶に出向いたが、向こうからもやって来てくれた。

広報部の隣には広報関係の資料室があり、そこは下調べも出来るし、息抜きも出来る場所になっていた。もちろん、コーヒーも飲める。いわば企業内記者室のようなものである。

記者たちは資料室に来たついでに、恭子の部屋にも立ち寄ってくれる。恭子は時間が許す限り相手になる。記者たちもまた、それとなく業界や他社の情報を漏らしてくれる。彼らは彼らで恭子たち広報担当者の反応を見ているのである。

恭子は元来が勉強家だが、昨今の情報の氾濫ぶりには正直音をあげたくなる。インターネット時代になって、今日は大衆社会であると同時に情報氾濫社会になっている。

幸い、キティが主要な新聞、雑誌の会社関係の記事は毎朝、スクラップしてくれる。大いに助かる。しかし、それらの切り抜き記事はあくまでキティの選択したものである。それで万事ＯＫというわけにはいかない。

恭子は悟の研究に興味が出てきた。氾濫する情報を操作すれば、社会を混乱させることは容易なのである。恭子は悟のサイバー攻撃対策が世の中を救い、平和をもたらすことを心底願うようになった。

論文

悟はあせっていた。この夏中には論文を仕上げたいのである。そうすれば、ネット・ラボの秋の論文集には十分間に合う。ラボの秋号論文集に投稿できれば、喜んで恭子をボストンに迎えることができるような気がする。

同室のトムは、論文は論文、恭子は恭子だという。確かにそうなのだ。しかし、悟は恭子をボストンに迎えるには、一任務果たしてからと自分に言い聞かせている。それが論文だ。でないと、いたずらに官費を浪費しているような気がする。

悟のサイバー戦争論の骨子は、日本で仕上げて来た試論から変わっていない。しかし、公表する論文に仕上げる過程で、新しい情報と視点を加え、国際的連帯による総合対策の必要性を訴えるものとなりつつある。

論文のタイトルは「サイバー戦争——新しい世界戦争」である。本文は情報戦争の歴史から説き起こす。

情報戦争は昔からあり、時代とともに激化して来た。スパイ合戦、世論操作作戦、内乱・革命助成作戦などである。第二次世界大戦は一面、スパイ、謀略、暗号解読などの情報戦争であった。

今日、情報戦争には新たな要素が加わった。インターネット、宇宙開発、無人機、そして大衆社会の到来である。とりわけ注目されるのが、インターネットによるサイバー攻撃である。

核兵器の抑止力によって、第三次世界大戦は今のところ回避されている。しかし、代わって内戦、テロは激しさを増している。しかも、それらは世界的なつながりを持ち始めている。

中でも近年、注目されるのがインターネットによるサイバー攻撃である。情報の撹乱、機密情報の取得、不正送金、世論操作など、ハッカーたちの暗躍は止まることを知らない。

これはもはや形を変えた世界戦争と呼ぶことができる。攻守双方が情報の守秘と取得に、最新技術を駆使してしのぎを削っている。安全な情報システムが開発されても、たちまち新しいサイバー攻撃に打ち破られてしまう。

サイバー攻撃はこれからも激化こそすれ、鎮静化することはないだろう。技術は技術を呼ぶ。もはや完璧に安全だというシステムの構築は至難である。ＡＩ（人工知能）時代とはいえ、最後は人が関与せざるを得ないからである。無人機によるテロ集団への空爆が行われている。無人機に指令を出しているのは宇宙の軍事衛星である。中国は軍事衛星を攻撃するシステムを開発している。攻防は宇宙に広がろうとしている。

テロ自体の暴力も激化している。学生が殺され、少女たちが拉致されている。そしてイスラム国に見られるように、国境のない国をつくり、国際的連帯を強めている。先進国はインフラが弱体化している。電力が無くなるだけで機能麻痺を起こすのである。

人々はテロの暗躍に戦々恐々としている。おちおち海外旅行もしていられない。いつテロ暴発のとばっちりを食うか知れないからである。人々は技術の進歩を享受する一方で、安全を脅かされている。

どうやら、サイバー戦争の行方を握っているのは、最新技術を駆使したシステムの構築よりも、社会的なシステム、つまり社会的ソフトウエアの進歩であるように思われる。

なぜならば、世界的なテロの拡大は、彼らが現状に強い不満を持っているからだと思われるからである。不満の最たるものは貧困、差別であろう。テロリストたちは、それを一掃するためには命を捨ててもいいという覚悟である。

社会が平和を維持するためには、バランスの取れた社会構造が必要である。所得や富が偏在していてはならない。人種、宗教などによる差別が存在していてはならない。

かといって、皆が平等であればいいというわけではない。結果が平等なら、人々は努力しようとしないだろう。平等であるべきものは機会である。つまり、必要なのは努力のし甲斐のある社会である。「アメリカン・ドリーム」がそれであったかもしれない。しかし、富の格差が拡大し、人種、宗教の差別が動かし難いものとなれば、平等な機会も活用できなくなる。

今日は大衆社会、情報社会である。人々は容易に自分たちが置かれている状態を知ることができるし、知った以上は、当然の権利を行使しようとするだろう。テロ蔓延の基本的な背景はそこにあるのではなかろうか。

とすれば、過去の全ての戦争がそうであったように、サイバー戦争も政治的、経済的、文化的な構造改革なしには終焉することはないだろう。でなければ、テロはテロを呼ぶだけである。

テロの震源地は中東、アフリカであるが、そこにはかつての帝国主義時代の植民地政策が大きく影を落としている。歴史は連続している。中東、アフリカの民主化のために、国連を中心に世界が一致協力すべきである。新しい連合軍の結成である。

悟はこういう論旨で論文をまとめ始めた。井上やトムにも意見を聞いた。二人とも大意は賛成だった。

井上は言った。

「譬えは悪いが、核兵器みたいにサイバー攻撃を抑止できる技術は開発できないものかね」

悟は答えた。

「出来るかも知れないが、僕には思いつかない。それを待っていたら、人類は滅亡するかも知れない」

トムは言った。

「わかる。米国が悪いんだ。対症療法ばかりやって来たからね。しかし、大国は皆悪いよ。中国だって覇権主義に走っている」

悟は答えた。

「そうだね。なんだか、人間がつまらない存在に思えてきた。みんな強欲で傲慢なんだ。人間の業なのかね」

「悲観するなよ、サトル。人間がいなければ世界は無いんだからな」

トムが慰めてくれた。

悟は教授がどんな講評をするか気になった。多分、もっとサイバー攻撃を撃退する技術論、戦術論を書き込めと言うだろうと思った。その時は、正直に教授の知恵を借りよう。こう言うのだ。

「解りました。私も気になっています。ヒントをいただけませんか」

我らが頼りにする教授なんだ。ヒントをくれるだろう。そうしたら書き足せばいい。ヒントをくれなかったら、教授にもいい知恵はないと思うことにしよう。宿題にすればいいんだ。

悟はそう思うことにした。いずれにせよ、今年の夏休みは論文で悪戦苦闘することになろう。恭子が陣中見舞いに来てくれないかなあ。いや、それは考えないでおこう。

悟は楽しみは後に取っておくことにした。会報の秋号に掲載された論文を恭子にいきなり見せるんだ。そして彼女の講評も聞いてみよう。どんな講評をするか、これまた楽しみだ。

結婚

クリスマスがやって来た。休日に恭子がボストンにやって来ることになった。待ちに待った日だ。悟は恭子を迎えにレンタカーで空港へ出掛けた。恭子は出迎えはいいと断ったのだが、悟は是が非でも車で迎えに行って、あちこちと案内したかった。

まだ午前十時である。ホテルにチェックインするには早過ぎる。悟はトムがデンバーに帰省するらしいから、自分の部屋を使えばいい、と提案したのだが、恭子は泊まりたいホテルがあって、もう予約してあると断った。

悟は自分が印象深かった場所に恭子を案内することにした。まずコンコードへ行った。恭子は「素敵な所ね」と喜んだ。とりわけ、オルコットの「若草物語」の旧居に感激した。次いでケネディ元大統領の生家に行った。これも恭子を満足させた。

午後はボストン美術館へ行った。これも恭子を喜ばせた。ニューヨークのメトロポリタンとは違った趣があって素晴らしいと言った。日本刀の美術品としての価値を再確認し、岡倉天心の貢献ぶりを学んだ。明治の日本人には優れた国際人がいたのだと感嘆した。

午後四時にホテルへチェックインした。ホテルは世界的に知られた高級ホテルで、ボストンの中心部にある大公園ボストンコモンに面していた。ホテル内のレストランもボストンで一、二を誇る有名店である。ただし、料金は高そうだ。

恭子は蒲生悟と妻恭子の名前でチェックインした。悟は驚いた。

「僕も泊まるの」

「そうよ。お金は心配しないで」

悟は首をひねりながらも、恭子に先導されて部屋に入った。いい部屋だった。大きなガラス窓の向こうに、大公園がすっぽりと、まるで一枚の絵のように納まっていた。

「すごい眺めだ」

「でしょう」

恭子は前にも泊まったことがあるような口ぶりだ。秘書のキティにでも調べてもらったのだろう。

「お願いがあるの。驚かないで」

急に恭子が真剣な顔になった。気が高ぶったのか、目が潤んで、顔に紅がさしている。

「結婚して下さい。そのつもりで来たの。明朝、ホテル内の教会で結婚式を挙げたいの。もう、勝手に予約してしまったのよ。ウエディング・ドレスもタキシードも貸衣装を頼んであるわ。ごめんなさい。勝手なことをして」

悟は唖然とした。しかし、反対する理由は何も無かった。恭子の決断力と行動力に感心した。一瞬、先が思いやられるような気もしたが、悟も決断した。

「判った。結婚しよう。僕から先に申し込むつもりだった。いや、ニューヨークで事実上、申し込んだつもりでいたんだ」

「嬉しいわ。ありがとう」

そう言うと、恭子は悟の胸に飛び込んできた。悟は恭子の震えている体をしっかりと抱き締めた。抱き合いながら、悟が聞いた。

「二人切りの結婚式でいいんだね。お母さんに許してもらえるのかな」

恭子は悟の耳元で囁いた。

「いいのよ。お母さんに昨夜、話したわ。お母さんったら、結婚式には行けないけど、孫の世話には行くわだって」

「そう。よかったね」

悟も囁き返した。

「子供のためにきちんと結婚式の写真を撮っておきたかったのよ」

恭子が応じた。

悟はもう何も言うことはなかった。費用は何とかなるだろう。この結婚式のためだったら借金してもいいんだ。

二人はシャワーを浴びた後、例の有名なレストランへ出掛けた。夕日に映えるボストンコモンの風景を見ながら、獲れたてのロブスターを食べた。蒸したロブスターの前に刺し身のロブスターが出た。白ワインがぴったりだった。二人は時間をかけて夕食を楽しんだ。

その夜、二人は結婚した。最初はぎこちなかったが、すぐに溶け合った。悟は恭子を、恭子は悟をしっかりつかまえて離さなかった。

翌朝、二人はルームサービスで遅めの朝食を取った。それからゆっくりシャワーを浴び、結婚式場へ向かった。ウエディング・ドレスとタキシードで記念写真を撮った。悟にはウエディング・ドレスの恭子がこの世の人ではないように見えた。

式は簡明そのものだった。二人の他には牧師と介添えの女性だけだった。式の後、別室でケーキを食べ、お茶を飲んだ。ジョージ・ヘラーという初老の牧師が改めて祝福してくれた。

「本当におめでとう。素敵なカップルです。末長く仲良くして、金婚式を迎えて下さいね。離婚はいけません。米国は離婚が多すぎます。子供たちが可哀想です。結婚生活の要諦は、お互いに相手を尊敬して助け合うこと。これに尽きます」

悟も恭子も神妙に聞いて頷いた。何事も初心忘るるべからずだ。

お茶の後、二人はホテルをチェックアウトし、ＭＩＴへ向かった。井上とトムがお祝いの昼食をしようと待っていてくれたのである。お祝いといっても、場所はいつもの大学食堂だった。

四人は隅っこのテーブルで向かい合った。ビールで乾杯した。井上が音頭を取った。

「おめでとう。素晴らしいカップルが誕生した。やがて素晴らしい赤ん坊がこの世に誕生することを確信する。乾杯」

トムが続いた。

「ワンダフルだ。悟が羨ましい。僕も早く恭子のようなお嫁さんがほしい」

井上がアドバイスした。

「その気になって探すんだ。キャンパスは才媛たちで溢れているじゃないか。惚れられるのを待っていては駄目だよ。自分から積極的にアプローチするんだ」

そして、井上はさらに駄目押しした。

「トムにはシングル・ルームに移ってもらう。やっと部屋が空いたんだ。これから一人暮らしだから、いくらでも恋人を募集するんだな」

井上は今度は悟と恭子にアドバイスした。

「というわけで、今の部屋は悟と恭子の部屋になる。結婚したというのに、ニューヨークとボストンで別居じゃ可愛想過ぎる。恭子さん、いつでもボストンへいらっしゃい。悟の部屋はあなたの部屋なんだから。どうせ、来年にはスローン・スクールに留学するんだろう」

トムが驚いた。

「へえ、そうなのか」

「入学が許されたらね」

恭子がはにかんだ。

「大丈夫だよ。恭子は日本の有名な商社のキャリア・ウーマンなんだもの。それにハズバンドがネット・ラボの著名な研究員なんだから」

「著名だなんて嘘だよ」

悟が照れる。

「いや、今度の論文で一躍、注目されるようになったんだよ。もっとも、教授から宿題も出たけどね」

「何よ宿題って」

恭子が聞く。

「日本の役割が書かれていない。それを書けというわけさ」

悟が頭を掻いた。

食後、悟は恭子にＭＩＴキャンパスを案内した。もちろん、スローン・スクールへも行った。キャンパス案内が新婚旅行の最後のようなものだった。

夕方、恭子は後ろ髪引かれながらニューヨークへ向かった。悟もついて行きたかったが、教授からの宿題を思い出して諦めた。もう夫婦なんだ。その気になればいつでも会える。そう自分に言い聞かせながら。

第6章　別れ

挨拶

恭子はニューヨークの自分の部屋に戻った途端、泣きたくなった。まだ休みはあるのに、どうしてボストンを切り上げてしまったのだろう。悔やまれた。涙が一筋頬を流れた。

恭子は気を取り直して、結婚の挨拶をしなければと思案した。主な人にメールして知らせる必要がある。しかし、なんだか気が抜けて、文案が浮かばない。結局、何もしないで、一人寂しく寝た。

翌朝、悟から電話が入った。

「正月休みに入るから、そちらへ行きたいが、いいだろうか」

良いも悪いもない。ぜひ、来てほしい。

「嬉しい。待ってる。いつ来るの。出来たら長くいて」

恭子は飛び上がった。悟も急に寂しくなったのだろうか。それもあろうが、悟は恭子のことが心配になったのだ。今度は自分がニューヨークへ行く番だと考えたのだ。悟の愛の気遣いだ。

恭子は改めて結婚してよかったと思った。元気が出てきた。そういえば、母にまだ報告していない。日本が朝になったら、電話を入れよう。母が気にしているに違いない。

部屋を片付けながら、夕刻になるのを待って、京都の家へ電話を入れた。早起きの母はすぐに電話に出た。

「あら、恭子、何かあったの。結婚、うまく行った？」

母の冴子も気になっていたらしい。

「ええ、万事予定通りだったわ。写真が出来次第送ります」

「そう。悟さん優しかった？」

これは初夜がうまく行ったかと聞いているんだ。母の女親らしい心遣いだ。

恭子は一瞬、赤くなったが、思い切ってはっきりと答えた。女同士なんだ。

「ええ、もちろんよ。私たちぴったりなの」

一呼吸おいて母の声がした。

「よかったわ。幸せになってね。お産の時には、必ず米国へ飛んで行くから」

母はもう孫の顔が見たいのだろうか。母娘二人切りで生きてきたのだ。孫が加わってくれれば、こんな嬉しいことはない。そう思う母の気持ちが恭子には痛いほど分かった。

翌日午後、悟がニューヨークへやって来た。恭子は部屋で待っていた。悟は迷いもせずに、まっすぐ恭子の部屋へやって来た。ドアのチャイムが鳴った。悟を確認すると、恭子はドアを開けて、悟の胸に飛び込んで行った。

それから正月明けまでが、悟と恭子の新婚生活だった。恭子の簡単な手料理を食べながら、二人で結婚挨拶の文案を練った。結局、文案は簡明なものになった。相手も少数にしぼられた。

メールの文案はこうだった。

「新年おめでとうございます。私たち旧年十二月二十六日、ボストンの教会で結婚式を挙げました。末長く楽しい家庭を築いて行きたいと思っています。今後ともよろしくご指導ご鞭撻下さい。皆様のご多幸をお祈り申し上げます。」

これにスマホで撮った結婚衣装の二人の写真を付けた。最後に二人の名前と年齢、所属、それにメールアドレスを記した。悟は二十八歳、恭子は二十六歳になっていた。

翌日からメールの返事が来た。休み明けに来たのもあった。これは多分、正月休みに旅行に行っていたためだろう。

悟の親友、京都大学の田中栄一からはこうあった。

「おめでとう。新年早々、嬉しいメールをもらった。君たちの結婚は『よし田』で飲んだ時から、予感していたよ。蒲生氏と東氏の血流を絶やすなよ。たくさん子供を作ってくれ。君たちの子供なら優秀なこと間違いない」

恭子の親友、投資コンサルタントの斎藤早苗はこう書いて来た。

「まことにおめでとうございます。またとないお似合いのご夫婦ね。正直、羨ましいわ。私もこうしてはいられないわ。近々、ニューヨークへ行く用事が出来そうだから、新婚生活を覗かせていただきます」

悟の先輩、国連参事官の山崎進からはこうあった。

「おめでとう。論文、結婚とグッドニュースが続いたね。君は防衛省のホープだから、結婚を機にますます研鑽を積んで下さい。恭子さんとご一緒にまたぜひ遊びに来てくれ給え。家内も子供たちも待っている」

恭子の上司、部長の山内悟郎はこう書いてきた。

「おめでとう。ついに結婚したか。新郎はなかなかいい男だね。結婚しても、子供が生まれても、社を辞めてはならんぞ。約束は忘れないでくれ。何か欲しいものはないかい。そのうち結婚祝いをみつくろって送るよ」

悟は「昔から三夜泊まりはいけない、と言うからな」と言いながら、恭子の部屋に五泊してボストンへ帰って行った。恭子はこのままずっと一緒にいたいと思ったが、それは我が儘というものだった。恭子は「一人娘は我が儘だ」とは思われたくなかった。

悟と恭子は正月休み明けに、大学と会社に結婚したことを報告した。恭子は入籍しても、東恭子を通称に使うことにした。出社するとすぐキティがお祝いを言った。

「キョウコ、おめでとう。どうだった、ボストン。写真素敵だったわよ。一段と奇麗になったわね。女は結婚すると奇麗になるというけど、恭子はその見本かしらね」

「そうそう、お礼を言うのを忘れていたわ。ボストンのホテルの手配、完璧だったわ。本当にありがとう。おかげでいい写真が撮れたのよ」

そうお礼を言われて、キティも嬉しそうだった。

「披露パーティ、やらないの。皆がいつやるのだ、自分に幹事をやらせてくれ、なんて言って来ているのよ」

嬉しい話だった。しかし、恭子は断ることに決めていた。

「ありがとう。でも、遠慮しておくわ。ハズバンドは学生でボストンですもの。それに皆さん、お仕事、お忙しいこと知っているから。よろしく断っておいて頂戴」

キティは残念そうだったが、納得した。納得しなかった記者団の有志がお祝いの花束を届けて来た。恭子は素直に受け取った。そしてこう言った。

「本当にありがとうございます。皆さんのお役に立つように、いっそう勉強することをお約束します。皆さんにそうお伝え下さい」

お祝いのお礼は仕事でするほかなかった。恭子は仕事に精を出した。悟との別居生活はしばらく我慢することにした。秋には、悟の留学も終了する可能性があった。

その代わり、交互に二週間くらいの間隔でボストンとニューヨークを行き来することにした。交通代と食事代は極力節約することにした。子供のためには貯蓄が必要だった。

それでも別居型の新婚生活は楽しかった。張り合いがあった。ただ一つ気掛かりは、留学期限が切れた後、悟にどんな任務が待っているかわからないことだった。多分、日本に帰任することになろうが、他国への赴任という可能性もあった。どんな異動も覚悟しておく必要があった。

妊娠

月日の流れは早い。悟と恭子は、別居生活とニューヨーク―ボストン往来のせいで、冬から春へ、そして夏へと、季節が例年より早く巡ったように思えた。もちろん、仕事もお互い忙しかった。

恭子は新しく個人投資家向けの広報（ＩＲ）にもかかわるようになった。投資関連セミナーの開催や、東京本社の経営トップのインタビューのアレンジなどでも忙殺された。

幸い、悪いニュースにはぶつからなかった。会社の業績は一応、順調だった。商社冬の時代といわれたのは昔のことだった。資源から食品まで総合的に商圏を拡大していた。

その代わり、心配の種はいくらでもあった。原油価格の急落で、石油投資の収益に陰りが出ていた。食品では不良品の問題が絶えなかった。テロリストが暗躍しているかと思わせる事件もあった。

悟は教授に指摘された、サイバー戦争における日本の役割について、論文をまとめるのに頭を悩ましていた。技術的役割、軍事的役割、政治的役割の三つがあった。

悟は安倍首相が提唱してきた積極的平和主義に賛成だったが、問題はそれをどう具現化するかだった。やはり日本の有り様は平和国家、技術国家としての存在価値にあるように思えた。

日本は政治的、軍事的な役割で世界をリードすることはできない。悟は日本はやはり優れた技術開発能力を発揮していくことで、世界に貢献していくことが肝要だと考えた。

その場合、Ｎ電気が認識技術で先端的システムを開発して、ビジネスの柱に育て上げつつあるように、日本人の気質に向いたきめの細かいリスク管理の技術が決め手になるように思った。この分野で世界をリードするのである。

日本は東日本大震災で福島原発事故を起こし、危機管理能力を問われた。確かに人為的失敗もあった。しかし、空前の大津波と未完成の原発技術のせいでもあった。これは貴重な経験だった。日本は必ずこの失敗の経験を生かして前進するだろう。

ＡＩ（人工知能）と機械の発達で将来、ロボットが戦争をするようになるのだろうか。現に無人機が空爆をしている。映画の世界が現実化して来ているのである。

そうなると日本は政治的にも発言力を持たなければならない。平和国家の代表として国連の常任理事国の席につけたらいい。それが可能になるのも、卓越したハード、ソフトの技術開発力があってのことだろう。

ハッカーたちは優れた技術を盗もうとあの手この手を考案している。それはテロ集団に限らない。中国、ロシアなどの大国が関与しているのである。米国は経済的規制に乗り出したが、それだけではハッカーの攻撃を防ぐことはできないだろう。

悟はいろいろと思案を巡らしたが時々、人類は科学技術によって、自分で自分の首を締めているのではないかと弱気になった。でも、どこかに解があるはずだと、自分を叱咤した。

夏に入って、恭子は体の異変に気が付いた。体がだるくて吐き気がする。そういえば生理がない。恭子は赤ちゃんが出来たのだと知った。もちろん生む。子供は天からの授かりものだ。子供は宝なのだ。

次の週末は恭子がボストンへ行く番だった。恭子はさっそく切り出した。

「とっておきの話があるの」

「なんだい。昇進でもしたの」

「そんなんじゃないわ。神様のお恵みよ。赤ちゃんが出来たわ」

「ええ、ほんとうかい。僕たちの子供か。でかしたね」

「生んでいいでしょう」

「もちろんさ。で、いま何カ月」

「後少しで三カ月ですって」

悟は十分に喜んで恭子の期待に応えてくれた。

「スローン・スクールはどうする」

悟が懸念する。

「行くわ。九月になれば落ち着くのよ。妊婦が通ったっていいんでしょう。三カ月の短期コースだから」

恭子は強い。

「もちろん、いいよ。君がその気なら。お母さんには知らせた？」

「まだよ。まず、旦那様に報告しなけりゃと思って。メールじゃなく、直接にね」

「お母さんも喜んでくれるだろうね」

「だと思う。孫の世話に米国へ来たがっているんだから」

恭子が聞く。

「ところで、貴方の方はどうなの。論文うまく行きそう？　本省から帰国命令は来ていない？」

「どっちもまだだ。でも、論文はなんとか目鼻を付け始めている。帰国命令はまだだけど、留学二年の期限が近づいたことは確かだ。本省から念を押して来た」

「ＰＨＤ（博士号）は取らないの」

「取らない。学者になるつもりはない。学位で国に尽くすわけじゃない」

悟はやはり朴念仁だ。でも、そこがいいところなんだわ。恭子は改めてそう思った。

「まだ早いかな。でも、赤ちゃんの名前、考えといてね」

「もう考えてあるよ」

恭子が驚く。

「いずれ出来るだろうから、一人で考えていたんだ」

「嬉しい。教えて」

恭子が甘える。

「男の子なら純。女の子なら純子」

「あら、女の子も純でいいんじゃない。男女とも共通するいい名前よ。外国語にも合うわ」

恭子が喜ぶ。悟はほっと安心した。同時に、女の子も純子ではなく純でいいとは、恭子らしい発想だと思った。

中東

九月に入って、防衛省から悟に帰国命令が来た。新しい任務が待っているという。それが何かは判らない。悟はできれば、山崎先輩のように、米国勤務にならないかなと思った。恭子と生まれて来る子の側にいたい。女々しいけれど、それが本当の望みだった。

恭子は予定通りスローン・スクールに通い始めた。むろん、悟の部屋からである。初めての同居生活だ。しかし、それも悟が帰国すれば終わる。恭子の心にも秋が忍び寄って来た。しかし、恭子はその寂しさに抵抗した。わが子と二人なのだと自分に言い聞かせた。

　九月中旬、悟は帰国した。二年と一カ月ほどの米国留学であった。帰国したらすぐ事務次官に呼ばれた。新任務の申し渡しだった。

「蒲生君、よく勉強してくれた。論文は読ませてもらった。今度は実践だ。イスタンブールの総領事館へ赴任してもらう。首都アンマンの大使館の防衛駐在官と連携して、中東の生きた情報を収集してくれ給え」

　横から審議官が追加説明した。

「イスタンブールは東西文明の十字路だ。イスラム過激派の動静を巡って、トルコでの情報活動がますます重要になって来ている。サイバー戦争論を実地で活かしてもらう。まず最低二年は駐在してもらうからね」

　悟は次官と審議官の二人にそう命じられて、任務の重要性に身が引き締まるのを覚えた。中東での情報戦争に参加することは望むところだった。

　九月下旬、悟はイスタンブールに着任した。現地に立って、改めてトルコの存在の重要性を痛感した。トルコは国境の国だった。アジア、ロシア、中東、アフリカ、そしてヨーロッパと向き合っている。つまりは東西南北の交通の要衝なのである。

したがって、古来、幾多の民族が集散して、征服、建国、滅亡の歴史を刻んできたのである。ギリシャ、ペルシャ、ローマ、モンゴル、十字軍、オスマン朝、そしてアラブ、ロシアとも干戈《かんか》を交えてきた。民族戦争の十字路でもあった。

対日感情はいい。日本は戦火を交えたことのない、アジアハイウェイの終点の国である。日本は大国ロシアを破った国であった。それに、難破したトルコの軍船を救済してくれた恩義のある国でもあった。人々は日本人には尊敬と親しみを持っていた。

悟はいろいろな民族、職業の人たちと情報のパイプを繫いだ。多民族の米国で暮らしたことが役に立った。もちろん、情報網を共にした人たちは、それぞれの思惑を持っており、一筋縄では行かない連中だった。

しかし、日本人好きに加え、日本が第二次大戦以来、平和国家を貫いていることが、悟への好意となって現れた。彼らの中にはイスラム過激派に通じている者があったが、それは情報を取るためで、過激派を積極的に支持しているわけではなかった。

それでも悟は慎重に行動した。テロ集団を不用意に刺激してはならなかった。悟は論文でも書いたように、彼らには彼らなりの言い分があることを知っていた。それに悟は情報収集があくまで平和維持のためであることを知らしめるようにした。

トルコは文化遺産の宝庫だった。観たい遺産は山ほどあった。しかし、悟はトロイの遺跡を観に行っただけで、もっぱらイスラム過激派の情報収集に努めた。諸国の若者たちが依然、イスラム国に魅せられて集まりつつあった。

彼らの集合を阻止するための検問は一段と厳しくなり、無人機の空爆も絶え間無く実行された。しかし、はかばかしい成果は上がっていなかった。むしろ、テロ集団は世界中に拡散し、しかも連携を深めようとしていた。

だが、悟は悲観しなかった。イスラム過激派は自滅の道を歩き始めているようにも思えたからである。それは彼らの破壊的な暴力それ自体のせいだった。一般人を巻き込む自爆、キリスト教徒の学生の虐殺、少女の集団的誘拐、貴重な文化財の破壊。これらの暴挙は大衆の支持を得られる性質のものではなかった。

しかし、先進諸国にもやるべき本当の課題があった。それは真に豊かな社会、希望の持てる楽しい社会を建設して見せることだった。それがあれば若者たちは絶望しない。核兵器を持つ大国の覇権主義、政策の失敗、それがテロリストを生んでいるのである。

悟は中東の現地を見て、改めてサイバー攻撃の真の防御策は、戦術的、技術的なものではなく、戦略的、政治的なものであり、先進諸国が真に豊かで楽しい世界を構築するために、一致協力することであると痛感した。

悟は一介の総領事館員である。戦略的な活動などは限られる。悟は日露戦争の時代、ロシア革命を画策した日本陸軍の高級情報将校がいたことを知っている。しかし、今日のサイバー戦争では、そのような工作は至難だろうし、またそんな任務も与えられてはいない。

悟はイスラム国を前にして、己の無力を知った。同時に自分には愛する妻子を守る責任があると感じた。危険に身を曝すことは避けたかった。誘拐でもされたら、それは日本政府を困惑させ、恭子を悲嘆させることであった。

十一月下旬、悟に待ちに待った朗報が届いた。それは男児の誕生であった。メールから三日遅れて、恭子から電話があった。

「悟さん、恭子です。生まれたわ、純ちゃん。元気で可愛い男の子。母もつきっきりで世話してくれているわ。母も嬉しくてたまらないみたい。悟さんにも早く見せて上げたいけど。こちらに出張してくるような機会は無いかしら」

恭子は明るく元気な声だった。純が生まれて来てくれて、すっかり張り合いが出たようだった。

「よかったね。母子共に元気で安心したよ。純はどっちに似ているの」

「貴方にも私にも似ているみたい。なかなかハンサムボーイよ」

「そうか。万事、よろしく頼みます。お母さんにくれぐれもよろしくね」

「母に代わりましょうか」

悟の返事を待たずに、母の冴子が出た。

「悟さん、しばらく、お元気？　元気な男の子よ。可愛くて仕方がないの。もう、私、めろめろよ」

恭子の母は相変わらず朗らかだった。とにかく、純は可愛い男の子らしかった。

「お母さん、お世話になります。ご面倒おかけしますが、よろしくお願いします」

「大丈夫よ。任せて頂戴」

電話が切れた。

急死

正月明け、ニューヨークで国連主催のサイバーテロ対策会議が開かれた。悟はそれに参加した。防衛省の先輩、山崎参事官が気を利かせてくれた。生まれてきた純にも会わせてやろうという気遣いだった。

そのため悟は正月休みをニューヨークで過ごすことにした。逸る心を鎮めながら、悟は恭子の部屋の前に立った。ベルを押すと、悟の顔を確認した恭子がドアを開け、悟の胸に飛び込んで来た。

「お帰りなさい。待ちくたびれたわ」

恭子はそう言いながら、悟の手を引いて赤ん坊のベッドへ案内した。小さな顔の純がおとなしく眠っていた。恭子は純を抱き上げると、悟の胸へ押し付けた。

純は温かかった。ベッドの温もりだけではなかった。生まれたての生命の温かさだった。悟は頼りなげな純の体をゆったりと受け止めた。なるほど、われらが子だった。悟と恭子の双方に似ていた。

「純ちゃん、お父さんよ」

恭子が呼びかけた。

「純。お父さんだよ」

悟が純の顔を覗き込んだ。

これがわれらの共同作業の成果なんだ。この子に勝る成果はないのじゃないか。悟はそう感慨にふけった。

そこへナースが顔を出した。若い娘だった。彼女は恥じらいながら、悟にお帰りなさいと挨拶した。

「お母さんが帰国したので、代わりに来てもらったの。ベティよ。看護学校の卒業し立てなの。よくやってくれるわ」

悟は恭子の母の冴子は気を利かせて帰国したのではないかと気になった。

「母はお店を和子ちゃんに任せ切りにしていたので、せめて年末年始でもと帰国したの。また来るといっていたわ。純が大のお気に入りなのよ」

恭子が悟の懸念を察して説明した。

純が目を開けた。悟の顔を見上げてにっこり笑ったようだった。

「おう。笑ったよ」

「そうね。でも、笑ったように見えるのよ。まだしかとは貴方の顔を認識できたわけではないの」

恭子はもうすっかり母親だった。

親子水要らずの生活が一週間続いた後、国連本部から近いパーク街の有名なホテルで、サイバーテロ対策会議が開かれた。G20国の代表が集まった。

山崎の勧めで、悟はイスタンブールから観た現地情報を報告をした。悟は最後にこう述べた。

「個別の情報に振り回されないで、冷静な総合的な判断が必要です。その上で先進主要国としての責任ある対応をしなければなりません。でなければ、サイバーテロは終息いたしません。余談ですが、私が昨年、ＭＩＴに提出した『サイバー戦争論』の要約をコピーして来ましたので、皆さんにお配りいたします。ご参考にしていただければ、幸いです」

その時、悟の顔の下から閃光が走った。そして轟音が起きた。テロ情報を熟知しているはずの出席者も一瞬、何が起きたか理解できなかった。ここは中東アフリカではなかった。ニューヨークの国連本部に近い有名なホテルである。警護は完璧なはずだった。

後で判ったが、給仕の娘がイスラム過激派に買収され、テーブルの下に小さな時限爆弾を仕掛けたのだった。殺傷を狙ったというより脅しをかけるのが狙いだったようだ。実際、殺傷されたのは三人だけだった。

しかし、悟は不幸だった。悟は腹部が破裂した。即死だった。悟の左右にいた二人は大火傷で済んだ。それだけに悟の不幸が際立った。マスコミは悟が二十九歳の前途有望な若者で、しかも広報担当で旧知の恭子の夫でもあったことから、大々的に報道した。

恭子は文字通り茫然自失した。現実ではないと思った。悟は顔は無傷だった。それだけに恭子は悟の爆死が信じられず、思わず「起きなさいよ」と声を掛けたほどだった。悟の死を受け入れるのには長い時間が必要だった。

しかし、悟の爆死は事実だった。恭子は母の嘆きの悲鳴を聞き、友人、知人、上司、同僚の慰めの声に囲まれながら、一人心を閉じて、遺児となった純の体を抱き締め続けていたのだった。ナースのベティが心配し、母の冴子が急遽、日本から駆けつけた後も、放心状態は続いた。

春が訪れた。季節の巡りはいつもの通りだった。花が咲き、小鳥がさえずった。純も声を上げて笑い、はいずり回るようになった。それらを見て、恭子の閉ざされた心もしだいにほぐれて行った。母の冴子もやっと一安心して帰国した。

恭子は春のうららかな日差しの下で、ふと筆を執る気になった。ノートに書いたのは、いままで詠ったことのない短歌だった。

それは悟とともに聞いた日野祭の鉦の音に託した願いだった。人の世を語り継ぐ、たまゆらの鉦の響きに、今ひとたびの邂逅を願う歌である。もちろん、それは純も一緒だった。

恭子は忘れ形見の純と二人で、自分なりの人生を生き抜く決意を固めた。自分もまた、スローン・スクールで学んだことを生かして、近江商人の経営の神髄を追求してみたい。

純は純の道を行けばいい。そのために自分で出来ることはすべてやる。ただし、純を甘やかしはしない。純もまた悟と同じように、世のため人のために闘う男になってほしいのだ。それが母の唯一の願いである。

（おわり）

著者プロフィール

吉村 久夫（よしむら ひさお）

1935年、佐賀県生まれ。

1958年、早稲田大学第一文学部卒、日本経済新聞社入社。

ニューヨーク特派員、日経ビジネス編集長などを経て
1998年、日経BP社社長。

現在、日本経済新聞社、日経BP社各参与。

主な著書に『21世紀の落とし穴』『歴史は挑戦の記録』（以上、企業家ネットワーク）、『鎌倉燃ゆ』『将門の末裔』『宗家を救え―歌人武将の応仁の乱―』『日の国の歩み―これからどこへ―』（以上、創英社／三省堂書店）、『世界の歩み―地球から宇宙へ―』『戦はごめんだ』『変身の世紀』『橋を架けた人』『「自由化」の波に呑まれて―破綻したグローバリズム―』『よみがえれニッポン　天地への御返しは次世代の人造り』（以上、三省堂書店／創英社）などがある。

今ひとたびの

2024年4月11日　初版発行

著者　吉村 久夫
発行・発売　株式会社三省堂書店／創英社
〒101-0051　東京都千代田区神田神保町1-1
Tel：03-3291-2295　Fax：03-3292-7687
印刷／製本　シナノ書籍印刷

ISBN 978-4-87923-235-9